异乡人

王 键 著

广西师范大学出版社
·桂林·

异乡人
YIXIANGREN

图书在版编目（CIP）数据

异乡人 / 王键著. --桂林：广西师范大学出版社，2023.4
　　ISBN 978-7-5598-5768-2

Ⅰ．①异⋯　Ⅱ．①王⋯　Ⅲ．①诗集－中国－当代　Ⅳ．①I227

中国国家版本馆 CIP 数据核字（2023）第 019495 号

广西师范大学出版社出版发行
　广西桂林市五里店路 9 号　　邮政编码：541004
　　网址：http://www.bbtpress.com
出版人：黄轩庄
全国新华书店经销
广西民族印刷包装集团有限公司印刷
　南宁市高新区高新三路 1 号　邮政编码：530007
开本：920 mm × 1 230 mm　1/32
印张：8.875　　字数：71 千
2023 年 4 月第 1 版　　2023 年 4 月第 1 次印刷
印数：0 001~5 000 册　　定价：46.00 元
如发现印装质量问题，影响阅读，请与出版社发行部门联系调换。

序

用一块块石头垒一所带灯的房子

王家新

我是2018年10月受邀去武汉参加中南财经政法大学（我们上学时它还叫"中南财经大学"）的诗会认识诗人王键的。我自己来自这座城市，1978—1982年在珞珈山度过的四年校园时光，还有那个我们有幸赶上并参与的"春雷滚滚"的80年代，成为我们这一代人诗的摇篮。

因此，我多少怀着一种重返青春时代的激动，参加了王键和另一位中南财经政法大学出来的女诗人阿毛共同主持的这次诗会。诗会的主题是座谈他们新近出版的中南财经政法大学诗人诗选《山湖集》，但实际上也是对20世纪80年代以来武汉校园诗歌的一个回顾和"检阅"，好几十位从武汉各高校出来的诗人都很兴奋地参加了。

在从武汉高校出来的诗人中，王键是很特殊的一位。他出生于湖北黄冈，和闻一多为同乡（这就是他为什么后来会倾心写关于闻一多的组诗），1985—1989年在中南财经政法大学攻读经济法专业。王键大学期间就积极参加各种诗歌活动，曾和川上、沉河、黄斌、钱省、夏雨、刘源、阿毛等诗友发起成立"新学院诗派"。他那时给自己起的笔名为"楚石"。他们自办诗刊，雄心勃勃地宣称要"寻找中国的诗神"。

1989年7月大学毕业后，王键被分配到北京某国家机关工作，看上去"位置"和待遇都不错。不过,随着一个波澜壮阔的诗的年代最后以一声叹息结束,他渐渐放下了诗歌写作,他的很多同代人都曾怀有的某种理想梦幻似乎也破灭了。适逢1992年以后市场经济重启,他毅然辞去公职,"下海"经商,或用他自己的话讲,投身到"实业救国"的另一场梦想之中。自此,他的人生展开了完全不同的风景,商海的热浪与浊流裹挟他而去,所幸他并没有成为牺牲品。

也许是诗神的庇护,也许是早年埋下的种子,他发现自己身上的诗歌精神并未死去,她在某一天竟然复活了,并向他发出了殷切的呼唤。他感到奇妙的是,当年一起写诗的学友们,如川上、沉河、黄斌等,都又不约而同地重新开始了创作。于是他和这些大学时代的诗友们重又聚集到了一起,2010年,一本同仁诗歌集刊《象形》由长江文艺出版社出版。作为"象形"的同仁,王键重又回到诗歌中来。

我在这里谈到一代人在80年代对诗歌的追求,因为正是这种现在已很难想象的殉教徒式的追求,决定了王键的一生。他在一个金钱至上的年代回到诗歌上来,用著名作家、诗人张炜的一句诗来说,就是"在一个背叛的年代交换忠诚"。张炜的这句诗是我在他的诗集《不践约书》中发现的。两年前我曾参加了该书的座谈会。和我们这代人的很多人一样,张炜在上高中时就和同学成立了诗社,一起疯狂地写诗。几年前的一个冬天,张炜在海边遇到当年诗社的一个同学,几乎没有认出来,因为这位老同学面色苍老,嘴里只剩下两三颗牙,却抓住张炜说:"张炜啊,写诗这件事还不能算完!"而我听张炜这样说时,泪几乎就要出来了。

这或许就是我们这一代人中的很多人从生命深处发出的一个不灭的声音。这也可视为对诗歌的誓约。正是这种近乎神圣的誓约,使王键和很多诗人一样,无论在生活中发生了什么,也无论付出多少代价或遭受过什么,都忠实于诗歌,献身诗歌,并属于诗歌。

因为诗歌对王键这样的诗人来说,绝不仅仅是辞章之事,而是从根本上关涉到生命的实现、生命的救赎、生命的意义。"离开这个基本的要求",在王键看来,"其他的都免谈"。诗歌对他的要求,甚至如同神对信徒的要求。在一篇短文中他这样说:"在当今娱乐至上,一切都可用来消费和娱乐的世俗大潮中,很多人对诗歌失去了敬畏之心,将诗当作一件商品来消费,甚至有的人还把诗歌当成谋利、谋名的工具和手段,这只会使诗更加远离我们。诗人保持独立性和尊严的唯一方法便是重新把目光转向缪斯,把诗重新放置到诗神之位,从内心对诗保持敬畏、尊重……我一直认为,人无法寻找诗……如果你不是本着心灵和诚实去对待她,她可能永远不会出现;如果你用心灵和诚实对待她,你不用寻找,诗便会找你,找到你,并向你开口说话!"

王键就是这样一位重新被缪斯"找到"的诗人。这就是为什么他回到诗歌,却无意加入诗坛的角逐,也不怎么在意发表,而是继续把诗作为一种个人的信仰或"修行",或者说,他已把对诗的追求和他的信仰渐渐融为了一体。这里还不能不说到王键生活中的一个重要事件,由于孩子上学,他于2010年举家移居到温哥华,并在那里生活了七年(当然,在这期间他也经常回来,因为国内也有业务要做)。这种经历,更给他带来了一种"异乡人"之感,并促使他在异国他乡寻找更内在的精神支撑。正是在温哥华期间,他经历了一场精神的洗礼。不过,他并不像有些人那样,以为因此就会完全解决人生的问题。他的精神历练,甚至因此进入到一个更严苛的境地。一方面,他像他所喜欢的多多的诗所说的那样,"我始终欣喜有一道光在黑夜里",另一方面,他像他所追随的先知或圣徒们那样,把自己置于"非人的"、荆棘丛生的"旷野"里接受考验:

旷野

非人的,旷野里的

炼金术
在四十年的徜徉中

于荆棘的火里
于祝福的山上
你燃烧脸
你站在人类的
中间

你掩面
哭泣

你用蘸火的
食指
写下
诫律

　　这样的诗，出自一位中国诗人之手，多少让我有点惊异。这是一种怎样的人生和诗，"用蘸火的食指写下"！
　　有了这样的诗，我们可以想象王键经历了怎样的磨炼，以及这种"天路历程"对他整个人生和写作的意义。我们也会明白为什么他可以这么说："诗人可能是这样的一种人，当别人已经睡去的时候，当别人已无话可说的时候，他们却睁着眼睛，在'世界的黑夜时代'（海德格尔语），永不停息地追寻和叩问生活的诗意。这是诗人对自我生命的主动放逐，是一次内心世界的'流放'……"
　　2017年，王键携全家从温哥华回到北京定居。在《一生的远足》这首为许多人称道的诗中，他借鲑鱼一生的远游与回溯，喻示了他自己漫长、曲折的生命历程，最初是"从 / 波澜不惊的湖泊来到大海 / 那海原来有着比湖更深的安静和寒冷"。最后从大海竭尽全力洄游到淡水"仍然是从水到水 / 那些不变的东西都是永恒 / 变化的则像这大海一样深邃和壮阔 / 你无情的远足啊 / 暗合着鲑鱼的一生 / 耗尽生命却不过是为了 / 最后的回归"。

这就是我们现在所看到的诗人王键，他经历了"比湖更深的安静和寒冷"，现在还在经历着另一种意义上的"最后的回归"。在这部诗选的开篇诗《晚到的诗人》中他自称为"晚到的诗人，孤独的'心灵捕手'"。也许"晚到的诗人"更值得信任，因为他更成熟，也会带着他更充分的人生和艺术的准备。不管怎么说，在北京，我们都很高兴和这样一位"晚到"的朋友交往。

"回归"后的王键，在诗歌创作上进入了一个更稳定，也更让人期待的时期。在他近些年来不断涌现的诗中，对自我灵魂世界的探索与对时代和社会的深切关怀相互贯穿和交响。我想这也正是王键的可贵之处，他追求信仰，但这并不是简单的归属；他追求信仰，但并不因此弃绝人世的尘烟。在《本着心灵和诚实》一文中他认定"诗歌的本质仍是生命与存在，生命与生命，生命与永恒之间的对话"。而存在，也是一种不可能脱离具体历史时空、社会和他者的存在，他的全部创作都在印证这一点。他仍坚持着灵魂暗夜里的交谈（见《交谈》一诗），哪怕"你嘴里含着泥沙、石头 / 和血 / 你咕哝着我听不懂的 / 话语"，哪怕"一面哭墙 / 在一张脸上"。他的眼前仍时时浮现出这样一个多少有点神秘的，并带有受难性质的灵魂对话者，但同样明显地，他已把个人的救赎和更广大的社会结合在一起，和他同时代人的苦难与希望结合在一起。这就像曼德尔施塔姆在一首诗中所启示的："只要大地上还有最后一个囚徒"，一个诗人就不可能真正获得自由。

也可以说，人们所说的"苦难与恩典"，在王键这里不仅更难、更不可言说，也带着更深广的社会历史的背景和内涵。作为一个在"春天里哭过长夜的人"（见《春天里哭过长夜的人》），他在"长歌当哭"的夜里"披戴闪电"，走入的"苦难的泥泞"，他多年的精神伤痛，他的不死的希望和信念，都带着我们这一代很多读者能体会到的深长意味。

这一切，也许都归之于一个诗人的"执着"——那种闻一多式的"诗性正义"和"执着"。王键赞颂这位先贤，也最认同这种对理想的忠实，哪怕这会带来无尽的磨难。在《纪念日》这首诗中他写道："我指甲上的半月还在生长／它要向秋天表达渴望"，过去与现在，沉睡与醒来，逝去的与新生的，回忆和祈祷，在历史的巨流中，"谁也追不上谁"。而在诗的最后，诗人却又在想象："大地重拾热情／人们穿过瘴气和封锁线／他们带来艾草、硫黄和火。"

"艾草"，这是楚文化的一个象征，它再次从王键的诗中生长了出来。它苦涩，但却能祛除瘴气，它用于祭奠，也用于治愈。王键可能和我一样，从小就深深地吸入了它的气味。这种精神的传承和文化资源的开掘，成为王键近些年来诗歌创作一个明显的驱动力。

与此同时，王键又往往把他对社会、时代的关注和感受，体现在对季节和当下生存环境的描述上。在这方面，他在早期有《大地的脸谱》等动人诗作，近期的代表作有《冬天的白内障》等诗，在一片"发霉的风景"中，唯有"电子眼醒目、闪亮"，而"雪线下的事物，朦胧而暧昧"。令人惊异的是"一头棕熊，饥渴的，带着／天然的眼疾……在一团混沌的金色光圈里／绝望地昂首"。这头棕熊不知来自哪里，也许它来自诗人曾生活的北美？但不管怎么说，诗的最后唤起了我们共同的当下感受："冬天的冷，正在／加深它的白内障。"

这样的创作，和王键近些年所考虑的诗歌对话的"有效性""可持续性"很有关。诗人的感受力在深化，修辞手段和音调也变得更为丰富。

"我赞同一种生命诗学观,即作为对话一方的诗人要以整全的生命的投入",但另一方面,他又很赞同艾略特所说的"诗不是放纵感情,而是逃避感情"。这就是为什么他的诗在一贯的冷静和克制中,近些年来又更多地带上了一丝反讽的调子,这使他的许多诗更具有了内在的张力。

让我们感到亲近的是,王键的创作有着它的内核和主调,但它依然是丰富的。近些年来,随着生活的稳定,诗人也在展开进入当下的努力。他意识到"诗人写诗就是在庸常、琐碎的日常生活中进行的一场语言的'打捞'。……诗人通过诗歌契入生活的尖锐和断裂之处,希望在生命里有更多的'看见',看见那些所谓的意义或者无意义"。这些,不仅在他的那些书写日常经历的诗中,在《核桃》这首咏物诗中也有体现,它表达了诗人更隐秘、更丰富的感受,也给我们带来了一种诗的发现:

  掰开你老头儿样的皱褶
  我试图将它熨平、让它舒展
  就像熨平我们一生的痛苦
  我却不知,这风霜形成的褶皱
  是新生婴儿的脸颊,在用一声清脆的喊声
  迎接世界的第一缕光

就诗学风格而言,王键的诗一直带着一种思想的锋芒。自他早年投入诗歌创作以来,他一直坚持独立思考和观察,一直保持批判和质疑的精神,这是作为一个诗人最可贵的品质之一。与此相关,他的诗的风格也比较敏锐,在抒情之中带有哲思,并往往带着一种警醒之力。他爱用一些严峻的意象,如《晚到的诗人》的结尾"一场暴雨前的寂静。彗星/在军队般的乌云里翻身"。他也在语言中练习一种"潜行"的技艺,比如《密闭或敞开》中的"我进入,位于海底,闪电的家乡"。近些年来,他

还试图把"沉重和轻柔"结合为一体。读他的《春茶》一诗,就让我深感喜悦:

> 被水洗礼,春天
> 献出她最精华的部分
> 那尖锐的绿
> 让我们眼睛明亮
>
> 那未熟的、怀抱着早春的白霜
> 它们在水中展开、站立,带着
> 羞怯,仿佛一个初入世的
> 女孩,正从喧嚣的人群
> 走向舞台的中央

这首诗,既"尖锐"("那尖锐的绿")又轻盈,专注于生活的细节,又展开了动人的想象。它创造了一种富有思想而又令人愉悦的美。

"沉重和轻柔"出自曼德尔施塔姆的著名诗句"沉重和轻柔是一对孪生的姐妹",王键在一首给我的《一首诗在石头里生长》中引用了它。"沉重和轻柔"的"孪生"和相互映衬,这不单是风格学上的,更是生命诗学意义上的。这可视为王键的一个审美理想。他要以更为自觉的创作,致力于恢复诗歌的"亏损了的光辉"。

王键爱用石头的意象,爱它的坚实质地和肌理,它的洁净和沉默,爱它寂静的内部曾经有过的电闪雷鸣和火。他早年给自己起的笔名"楚石",不仅暗示了他的身份认同,也提示了他所钟情的美学质地。在《那个最隐晦的词》一诗中,他再次写到了石头:

> 伸手不见五指。在黑暗中
> 我用一块块的石头
> 垒一所带灯的房子

这"一块块的石头",就是他作为一个诗人梦想到的"一种特殊的、凝练的、提纯了的语言",就是他在自己的人生中进行的语言"打捞"、发掘、冶炼的结果。它具有坚实的肌理和棱角,他要用它们垒一所带灯的房子——生命的、信仰的、精神的房子,并从内部透出奇异的、不灭的光亮。在一个诗人艰辛的语言劳作中,就这样透出了他的渴望。

这对王键和很多诗人来说,都是一项持久的、无尽的生命劳作,但是我们有充分的理由期待着。

2022 年 7 月 23 日
纽约长岛

目录 contents

第一辑 晚到的诗人

晚到的诗人 /003

二月 /005

庚子年的圣诞夜 /007

春茶 /009

旷野 /010

路边的白鹤花 /012

白鸽子广场 /014

长短波 /016

跳房子 /017

填空 /019

永远的拿铁 /021

今年，北方秋天多雨 /022

江柳 /024

辛丑年春节过黄鹤楼 /026

密闭或敞开 /028

第二辑 亏损了的光辉

迷人的房间 /033

中秋月（二首）/035

我喝下 /036

沉默期 /038

在大别山上听蝉 /040

健身房里的美学 /041

加减法则 /043

生活中的另一种云 /045

邮局 /047

时间的密码 /049

那些长在我屋后的南瓜 /051

纸飞机 /053

在公园里滑冰 /055

离开树的花 /056

北方的银杏 /058

夜场电影散场的时刻 /060

年终 /061

银票 /063

十二月的雪 /065

最后一夜,在格劳斯山滑雪 /066

其实我说的不是钱 /067

第三辑 异乡人

异乡人 /071

在北京普希金文学餐厅 /073

种牙 /075

耳鸣 /077

现实主义的探戈 /078

瘤子 /079

青柿子 /080

路灯 /081

口罩 /082

交谈 /083

织布机摇篮曲 /084

冬天的白内障 /086

纪念日 /088

说忠诚 /089

风吹过树梢的声音 /090

关于夜的小礼赞 /092

夏日池塘 /094

北方七月的雨 /096

互联网 /097

第四辑　弥漫

弥漫（十八节）/101

出土文物 /106

大地的脸谱 /108

冬天的牧羊人 /110

风雪，乌鸦与红房子 /111

那个最隐晦的词 /113

我在黎明来临前写诗 /115

我们就这么走吧 /117

核桃 /119

得了肺炎的少年 /121

鬼节 /123

柿子树下泡温泉的男女 /126

归于寂静的夜 /128

诗歌的石子（十二节）/129

多余的话 /132

生日 /134

看话剧《柔软》/135

除了等待 /137

时光 /138

失眠之夜 /139

牙疼的日子 /141

关于星星的对话 /143

第五辑　夜航

冬天，灰色的诗意 /147

佛事 /149

一只蚂蚁的春天 /151

节制 /153

悲伤突然降临 /154

冬天的爱德华王子岛 /156

故居或者老屋 /158

童年的敌人 /160

一生的远足 /162

商人阿文 /165

比尘土更低 /167

时差 /169

秋天的小径 /171

烟子 /173

新旧时代 /174

两只松鼠 /176

春天里哭过长夜的人 /178

骨科医生的退休生活 /180

深夜来电 /182

失眠 /184

海岸线 /185

逆行 /187

一天的开始 /188

我听见夜色朝我袭来 /190

夜航（二十四节）/192

第六辑　未完成

关于冬日里的一场谈话 /203

我要歌唱 /205

凛冬四首 /207

水母，在大海深处跳伞 /211

梦 /213

惯性 /214

春天里的冬日诗 /215

闻一多在西南联大（组诗）/217

潜水 /223

高铁西去 /225

有关大雁塔的语言学 /227

一首诗在石头里生长 /228

闲时光 /230

打包 /232

新加坡纪行 /234

未完成 /236

那清晰的像闪电来临过的 /238

钟声 /240

不再画画的杜尚 /242

看见 /244

六月的断章 /246

第七辑　自由

自由（二十七节）/251

跋　"我成为我自己的异乡人"/261

第一辑 晚到的诗人

晚到的诗人

晚到的诗人
孤独的"心灵捕手"
在四月的末路里捕猎自由

除了自由,他还错过了些什么?
半世的人生,如时间的人质
他将最好的春天抵押出去

他将春天的献词抵押出去

那逃掉的爱丽丝呢?
像霞光里一闪而过的红狸
留下了旧大陆,和等待
开放的树

那铁色的晚樱
仍在他的身体里流亡

天空,却为他打开了城门——

一场暴雨前的寂静。彗星
在军队般的乌云里翻身。

2020 年 8 月 24 日

二月

在这里,春天扎下帐篷
你在空气中,搓着冻红的手
你将红的嘴露给
空气

街道空寂,如此宽阔
我们可以躺下
以任意的姿势

在星辰中,你闭上眼
自夜的深处,自尼罗河上
搜寻漂泊的睡婴①

城市,无人;舌头,空荡

---

① 据《圣经·出埃及记》记载,带领以色列人逃离埃及的王子摩西原来是以色列人,在他刚出生后被父母放在一木箱里,放置尼罗河中被法老的女儿拾得并带入宫中养大,成为埃及王子。

一杯酒,泡在春节里
无人喝你

      2021 年 2 月 3 日

庚子年的圣诞夜

"你将诞生于明天"①
而我仍在昨天里行走

我看见了茨维塔耶娃火红的脸
我也看过烛火、柏树,和圣诞礼物

你的电话,在另一个世界的冬夜
那里,也有一个新年的派对
来自昨天的飞马,在平行的空间,
它在跑完它最后的里程

骷髅地山上的云,织成围巾,缠绕着
热情的思想:只为了一个人——

等待那"最洁白的鸽子飞走"②
等待我们学会了在死亡中呼吸

---

① 引自茨维塔耶娃《新年问候》一诗。
② 保罗·策兰:《最洁白的鸽子飞走了》,见《灰烬的光辉:保罗·策兰诗选》,王家新译,广西师范大学出版社,2021年1月出版。

摘掉那哑口的白石头,露出
被隔离的嘴,说出
世界的真相——

黑暗和重生总是一起诞生!

写于 2020 年 12 月 25 日

修改于 2021 年 1 月 25 日

春茶

被水洗礼,春天
献出她最精华的部分
那尖锐的绿
让我们眼睛明亮

那未熟的、怀抱着早春的白霜
它们在水中展开、站立,带着
羞怯,仿佛一个初入世的
女孩,正从喧嚣的人群
走向舞台的中央

喝下这绿色风暴,生涩中的
苦味,让舌头警醒:
虚空转过身去,是谁
从水中向我们歌唱?

2021 年 3 月 21 日 世界诗歌日

旷野

非人的,旷野里的
炼金术
在四十年的徜徉中 ①

于荆棘的火里
于祝福的山上
你燃烧脸
你站在人类的
中间

你掩面
哭泣

你用蘸火的
食指

---

① 据《圣经》记载,在以色列人进入应许之地之前,他们在旷野里生活了四十年。

写下

诫律①

2021年2月6日

---

① 这里不是指世俗意义上的戒律,而是指一种诫命。

路边的白鹤花

清晨里的白鹤花,她们的香气
比月光里的更幽深

她们低头躬身,仿佛在进行一场晨祷
早起奔跑的人们、路边滚过的尘埃
都不能扰乱她们的词

她们知道:肃杀的秋风已经在阳光下
亮出了它明晃晃的刀子

夏日白色的闪电和风暴,她们已经认识过了
她们也认出了自己:那些在绿色停机坪上
的白色小飞机!

我想起了露易丝·格丽克的鸢尾花
它们也曾在晨光中专心祷告——
为了受难的命运
或者,是为了一次伟大的飞翔?

我在这秋日的冷峻里听见了

飞机引擎的轰鸣

2021年9月1日

白鸽子广场

白色,有时比太阳要亮一点
尤其在灰暗的中午,鸽群

成排地站在楼顶,它们
有十三种观察人类的方式
七日已经过去,我们在第八日

那是爸爸妈妈们创造的星期八

这是漫长的一日,我们在
机场附近散步,目睹飞来飞去
的事物,那些用翅膀创造的高度让人称奇

收翅的白鸽子,就在脚边,啄食地上
的米粒,人类撒下吗哪
替代神,大地干净,
白茫茫一片。

但总有扎心的瞬间,比如

我突然瞥见在一阵惊慌起飞中

蹒跚扑向妈妈怀抱里的孩子

    2021年11月23日

长短波

长波,短波
从跳动的心房里
泵出

你可以拨出电话
打给足够远的——
甚至,太阳系外的一个
被流放的
行星

但你的流量仅够
送去一棵树的
消息
送去在人群里你独自
流下的
眼泪——

那无声的。

2021 年 2 月 7 日

跳房子

方格子棋盘
我们在里面进出

你占领每一间房子
你记下——
你是房子的主人
我们是房子的主人

我们跳房子
我们手拉着手

你用左脚
我用右脚
我们用两只脚

一
起
跳

在时间的渊面

在交替

变化的

黑白砖上

2021 年 2 月 8 日

填空

我们一生要填

很多的空

小时候,老师告诉我们

空里有些什么

我们用不同色彩的笔去填满它们

慢慢地,我们长大了,不再用笔填空

我们用身体用身体的各个器官填空——

用手用脚用眼睛用嘴巴用下半身……

我们不仅用汗水还用血去填空

我们喜欢上填空,但也发现那些空

总也填不完填不满

有时候,那个空就是一个大坑

我们整个人都掉进去爬不上来

我知道,我们这个爱好

是因为我们身体里有个空洞

直到有一天,你的出现

一下子填满了我们身体里的洞

我们也戒掉了填空的爱好——
不再填它

                2021 年 9 月 25 日

永远的拿铁

你钟情于这一杯
闻起来像
甘草堆中的
生铁

喝下一片香草绿的天空
将驱蚊草种于马场
让日光下的群马
冲出围栏

让空着的马厩
重新响起：

打铁的"叮当"声

2021年2月28日

今年,北方秋天多雨

秋天一旦开始
就像独裁者一页页念着长稿子

树叶随着词语一起落下

雨,一场接着一场,它比孤独
更有力量。河水不断地升高,秋天却
在雨水中不断低了下去,秋天的浓妆
也一天天淡了

诗人,总得写下点什么:那无力的
和有力的。但诗歌里有太多的废话
而修辞,是一碗发甜的糖浆
它让受苦的心灵产生幻象

舞台上,花旦和青衣的唱腔索然
亦如这逐渐衰弱的鸟叫虫鸣
它们在努力撑住这日益泄气的世道

而此时，巷子里突然响起
收破烂儿的叫喊声，一下子就
打破了这秋雨的孤独和颓势

2021 年 10 月 10 日

江柳①

天空的头发

重新长出

它们轻泻，

于日光里

召唤

无情的人

一些

绿色的梦

摇醒

一座单孔桥——张望

之眼

你从水中

找出

---

① 苏东坡被贬黄州时有诗云："十日春寒不出门，不知江柳已摇村"，出自《正月二十日往岐亭郡人潘古郭三人送余于女王城东禅庄院》一诗。

参孙的长发[①]

2021 年 2 月 25 日

[①] 《圣经·士师记》记载,参孙是古代以色列民族的大力士,民族英雄。他多次凭借神力打败以色列的敌人非利士人,但他的力量来自耶和华,耶和华借参孙的头发赐予他力量。

辛丑年春节过黄鹤楼

蛇，盲目的
它闪电的
信子
试探含毒的空气
及登高的
人

那只大鸟
仍未飞出
鹦鹉洲里的
传唱

千年巧言都
在楼里了
而楼外，
野梅花已开满了
山坡

采石船

正从水中
挖出第一块
巨石

对岸，
归元寺里的
唱经声
劝不走春天里的
哭泣

有人预言：
这不是最后的死亡……

让大鸟飞走
让罗汉闭嘴
让白菊花开在
手中

2021年2月12日 黄州

密闭或敞开

硕大的原木,带着
密闭的时间
它们在海上行走
最终走入这片海边的滩涂

那些白色垃圾袋遮住了它们疲惫的面庞

雨后的天空,升高了很多
我漫步到这片海滩,大片的
阳光像是从天外轻泻下来
这片荒滩顿时温暖和明亮起来

大海、沙滩和成堆的原木之上
是一个打开的空间,突然飞入的
树状的海鸥群在叫唤,它们把声音
放到了最大,似乎要让那些
看不见海的人也能听到

我让鞋子敞开,光脚走在沙滩上

我走进水里，海水分开，露出

底部的泥泞和道路

我进入，位于海底，闪电的家乡

      2021年12月6日 温哥华

第二辑 亏损了的光辉

迷人的房间

迷人的房间
布置得高贵、美丽
在那里,我
闻见了冰川的气息
冷风,
自某个未被命名的角落
涌动

外面的秋日也迷人
阳光比骆驼还要大
时间,自树干上脱落
变成一只色彩斑斓的
猛虎
我听见它走过冰川时
发出的
阵阵震颤

沉默,盛大如
旷野。

半开的窄门,
空气冷寂。请
搬走一些惆怅吧
语言已失去音律——
它有迷人的断裂之美

我从书架上抽出一本书
在雪山下面
开始阅读

2017 年

中秋月(二首)

一

披头散发的月亮

衣衫不整的月亮

跌跌撞撞的月亮

目光迷离而泪光盈盈的月亮

今夜,你,喝得酩酊大醉

只因为人间尚有的那些

疾苦、不幸、离散和孤独

二

月亮,一枚巨大的白色药片

发着冰雪般的寒光

它的适应症:相思病、孤独症、失恋后综合征

以及浪子的伤痛

它的不良反应:醉酒、乡愁、失眠

以及夜莺忧伤的歌唱

2017 年

我喝下

我喝下
明日为我
秘制的
药丸。那药丸
有梦幻般的颜色。

杯中还有酒。我敬这
果子成熟的秋天
我敬星空,
星汉的长廊辽阔
流火似锦。

白天,我苟且忙碌,
我的精神萎靡;
夜晚,我的血被换过一次。

我喝下那带腥味的液体

我喝下来自今日的愤怒和叹息

我喝下明日的梦。去梦里
我喂养星星，放飞一只鹰，并将火
从石头里取出。

2017 年

沉默期

沉默期如婴儿,在母腹
黑暗而幽静的空间里
自由生长。

无声的十月,失去的语言
在生长,从胎儿到孩子
当沉默首先打破沉默期
破啼而出——
世界也为之动容!

在四声调的变奏之中,诗人
用冷锹挖掘词根——
一棵树
向大地母腹无限伸展的
根部。

喧闹的大街。一个人
独自走在拥挤的人流和车流之中
水与水拥挤无声,一颗星

为他照明

在沉默期的深处。

2017 年

在大别山上听蝉

这山上的清凉,用
阴影压住了尘世的热浪
蝉,孤独地立于高枝
仿佛得了道的高僧
身披黑袍　在高处
打坐、入禅
它们只吃最简单的东西——
朝饮甘露,夜吸树汁
它们的叫声与山下的不同,"知——"
声音平滑而悠长
像一架无人机轻轻穿过
一支曲子的低音区域
那是尝过人间炎凉后的声音:
平和、耐心、低调
你从中听不出
悲喜

2018 年 9 月 2 日

健身房里的美学

黑色的器械,蹲伏在日光灯下
闪着冷兵器时代的光

那些需要打磨的肉身
在它们上面翻滚、腾跃

人与兵器的纠缠较量,如同
人与铁之间的相扑

什么是身轻如燕呢?
那是骆驼穿过针眼的渴望
而瘦身的运动是用水
带走身体里的多余的部分
这个过程用燃烧来实现,这也是
水与火的辩证法。

热火朝天的房间,有着
古人炼丹房的气氛
拉伸、奔跑、压腿,流汗的身体里

有一个小小的丹炉在滚动

这里，每个人手里都捏着一把审美的尺子

有人在日历上写下三围数字，写下

"平腹、六块胸肌、六十公斤"的目标；

有人则发出凌云壮志：

"我要瘦成一道闪电！"

也有人换上干净的衣服

移身出门：咔嚓，拍下一道闪电的照片

2018 年 9 月

加减法则

月亮又圆了,像一个人的回归,一段
关系结束的前奏。月光照出万物
照出人间大大小小的悲欢

月的盈亏,犹如潮的起落,它演绎着
一个机制。一个数学的简单算法。此时,月下
的大海,有百万精兵在敲击着前进的鼓点。而
生活里则充满着撤退和妥协。

我因此关心那些亏损了的光辉和荣耀

其实,太阳底下的阴影是一种抵抗
沉默和无声也是,死亡更是。
说生活的辎重过于简单了,说生命的苟且
也过于无情。
但我们面对日益沉重的肉身时总是发出
阵阵叹息。

而减法并不是轻省的,它带着被掠夺的屈辱

和泪水,当然,有时是羞愧。一碗水的
寡淡,胜过生活中的五味。生活中的
简朴之美仿佛今天隐去星星的夜空。

啊,加法与减法,一对孪生的兄弟
事物中精妙的平衡——
我们的心跳每增加一秒,人间的
寿命则减去一秒。

2018 年 9 月

生活中的另一种云

我们在云里造房子,房子跟地上的一样
也要每月还银行的贷款

我们在云里逛街、刷卡购物
从一卷手纸到一辆小汽车
云,供应我们一切所需

甚至我们打坐、念经、敬拜和奉献
都可以在云里完成

我们在云里牵手、吃饭、看电影
我们也在云里写长长的信
那信带着电一秒钟就可送达
在云里,我们谈恋爱,爱得死去活来

我们在云里聚会,会见老朋友,认识新朋友
我们的朋友圈不断扩大

有时候,我们在云里不穿衣服

让雨水直接淋在身上
让别人都能把自己看得更清楚

有时候，我们又把自己藏得很深
埋到云的深处，不见首尾

但在云里，我们都有一个地址、一个名字
比地上的还真实

我们把自己赶到了云里，活成了一朵云
有云一样的自由，悠闲，快乐
又像云一样不知所终

很多时候，我们分不清是活在地上
还是天上。只是，我们的内心经常还是
孤云一朵

我写下这首诗时，恰好是北京的金秋
此刻，碧空如洗，白云都如闲鹤游到了天外

2018 年 10 月

邮局

穿越大半个城市
我才在一个不起眼的陋巷
找到一个邮局

我要重新找回我的地址
我将我的地址
丢在了邮局
——那个过时的穿着绿色衣服的小楼

我写了一封长长的信
要寄给一个过时的老朋友

我仍习惯于在纸上铺展修辞和思想
我知道,你也喜欢在象形文字中想象
一些事物的形象
在墨水的呼吸之中搜寻一些痕迹

这封信将穿洋过海旅行
它会带去一些新时代的信息

比如，人类同机器狗有过三次战争
（最终人类在战争中落败）
比如，有人同机器人谈上了恋爱
（这场恋爱竟然被很多人看好）
还有，有人终于找到了可以让人不死的
方法……

长大了的人类开始成倍地增长它的渴望

但我们都知道，我们终将死去
就像四季的轮换，又如
太阳和月亮的两次升起
一次终结意味着另一次的伟大开始

我还确信：这个邮局也
终将永久失去它的地址

2018 年 11 月 1 日

时间的密码

时间的密码藏在光中
藏在一扇门的一开一合之间

它有更多的隐身之处:
骨骼的缝隙、奔跑的血和
走动的步履

甚至,一颗泪珠也是时间受孕后
结下的胚胎　那些
喜悦的战栗和激动就发生在
生命的诞生之后

而老去则是每时每刻都在
发生的事　死去
也是

生和死是一对生死的兄弟

昨天我在纸上写下一些诗行

今天我又将它们擦去——
我羞于将那些无力的吟唱示人!

而时间,它正用密集的针脚在大地上缝上
来自天上的密语……

      2018 年 11 月 15 日

那些长在我屋后的南瓜

那些长在我屋后的南瓜
四散地躺在草丛里,挂在树枝上

它们像一个笨拙的画师
一个夏季,都在努力学习如何
将一个圆画得更大,画得更圆
从夏天到秋天
那些圆终于画成

那些熟透了的南瓜
它们有着木头一样的质感:
坚硬、粗糙而温暖

我凝视它们:
那些橙红
是烈日涂抹留下的颜色
那些斑白

是秋霜风化后的化石

它们是秋天坚硬而稳重的头颅

写于 2010 年 7 月
改于 2018 年 11 月

纸飞机

太阳照着湖面的冷冰

反射的光　让

他有些睁不开眼睛

少年对着天空

抛掷他的飞机

一次，二次，三次

飞机越飞越高

越飞越远

经过几十次的试飞

最后，他终于

找到一个最佳的角度、方向

和力度

啊，一次真正伟大的飞翔——

漂亮的起飞、爬升、平稳的航行

飞机展开双翅　在

天空里划过一道

优美的曲线

飞机，在少年的视线里

越来越远，越来越小

少年，眯着眼睛着迷地看啊
望啊，恍惚中
他看到了一只白天鹅在飞
邻家的女同学在飞
严厉的父亲在飞
温柔的母亲在飞
最后，是他自己在飞

2018 年 11 月 21 日

在公园里滑冰

一个废弃的公园。无人看管的湖面
被冰层绑得一动不动。

冰刀划过冰面
发出沉闷而又让人心悸的响声

飞起的身体在空中旋转,似乎在
做一次太空之旅的探索
"事物的可能性产生于有限性"
——有人在旷野里呐喊!

想透气的鱼儿,在冰之下奔跑、挣扎
它们在等待春天里那声清脆的轰响

那声音仿佛一面墙的倒塌

2018 年 11 月 22 日

离开树的花

离开树,从一个高处
来到低处　你安住在
一个空的陶器之中
你不再从树吸取养分
从此,你开始了一场漫长的禁食祷告

你不再在枝头争俏了
不再抱怨阴影占据了你的额头
——瞧,那多么幼稚!

此刻,烛台的火焰正照亮
你低垂的头颅

离开树的花,必定死
这是创世的法则。伊甸园中的那棵
苹果树也曾经花枝招展,那被赶出园子的
也是另一棵树上的花

在逐渐枯干的时日,在暗淡之中

你学习向死而生，学习
如何从软弱之处变成刚强
那些脱离血气的茎、叶子和花朵，簇拥抱团
用硬朗的线条定格一个至美的时刻
——你用死亡成就的美
——那凝固的雕刻之石

那达成永恒的美，是凭着信心成就的

2018年11月28日

北方的银杏

身材修长的女子
站成北国最美的一群

从夏天到秋天,她们脱下
银装,换上金衣

她们用一身金色的修辞
来歌唱这丰盛浩大的深秋

她们是秋天的金嗓子

看,那些黄金的小手在风中敲打着
秋天的琴键
镀金的岁月,天空中
鸣响着无数小小的铜锣
——那是些催人的鼓点

那些游动着闪光鳞片的黄龙
在平原上移动

啊，北国迷人的女子
她们赤脚站成一排
她们手拉着手，散开
迷人的短发，在
北方辽阔的大平原
合唱一曲生命的挽歌——

"归去来兮——
流浪的游子
严冬将至
粮仓已满"

        写于 2018 年 10 月
        改于 2018 年 12 月

夜场电影散场的时刻

仿佛跟陌生人的一场约会,离开后
也许今生不再相见,也许
在未来某个时刻还要重逢。无论结局如何
总有音乐响起,此时沉默的力量更为强大
故事从梦里走出
来到一个光明的地带,或者,
重新进入另一段黑暗,另一个场景
镜头转换至行人稀少的街道
前路曲折、幽深
隆冬的夜幕如同生活的底色
冷峻而沉默。但在你抬头的时候
你仍能听见从前方一个星座里
升起的碰杯的脆响。

      2018 年 12 月 12 日

年终

年终夜场的电影像人心一样慌乱
那天,我看完《华尔街》
从电影院里出来,看见门口
一个卖唱的歌者,正抱着吉他,对着
麦克风,在寒风中呼号
他声嘶力竭,在空旷的
夜空中发出抖音:
"酒干倘卖无"
"酒干倘卖无"
这是一首老歌,多么熟悉的声音
但我知道,此时没有多少人
知道他唱的是什么
它让我想起大学时没有钱买酒的日子
我走上前去,地上的一个袋子里
飘着一些零钞,我赶紧
在身上翻找,翻遍了口袋却找不到一分钱
(我早已混成了出门不带银子的习惯)
尴尬中我落荒而逃,我真想对他说:

"嘿,哥们儿,加个微信,我把银子快递给你"

2018年12月26日

银票
——为同题诗会而作

我们将月光在当铺里当掉了
兑换成银票,从此月光成了
一张纸。这张纸有着两种属性
一种属上帝,有慈爱有怜悯有公义
一种属撒旦,有贪婪有疯狂有杀戮

今夜,月光很好,碎银满地
像当年挨饿的犹太人,一觉醒来
旷野里落满了白色的吗哪

有人在月下扶犁耕种
有人在月下出卖灵魂

月光照好人也照坏人
月光之下无新事
相爱的人用银票写出诗行
仇恨的人用银票说出咒语

灯下，我读《月亮和六便士》

在毛姆的月亮里，我听见耶稣说：

"恺撒的应当归给恺撒，

神的应当归给神"

2018 年 12 月 26 日

十二月的雪

这雪下得像火一样热烈
进入密室的最后一扇门
想象的空间被雪照亮
失望和希望在走廊里
扭打在一起
事物的悬念被吊起来抽打
唯有雪,用不停的下降回答着一切
从密室进入客厅,进入煮茶人的水中
进入新年献词的祝福之中
最终,雪会掩盖思想者的
浅薄和苍白,并使之学会
谦卑的真理
雪的降落过程犹如神临
万物失语,众生屏息
世界俯身倾听雪的低语
如果可能,这时最好的办法是
进入雪的内部,倾听
那秘密脚踪的踢踏之舞

2018 年 12 月 27 日

最后一夜，在格劳斯山滑雪

巨灯照耀的雪带，远远看去
像一条火舌，从雪原中
吐出，轻吻
这个温和的海边之城
这是最后的一日，衰退动荡之年
就要离去
我们去到冷冽的风雪之中告别
我命令跨山的缆车升高、再升高

我们换上雪衣，肩扛雪橇
向雪山深处进发
那里的风雪
迷人眼目
那里的空气
更加冷峻

2019 年 1 月 1 日　温哥华

其实我说的不是钱

说到钱,我更喜欢叫它银子,
拿在手里沉甸甸的。
它有更加真实可感的形象
像辰星,像船,像来自大海深处的
白色贝壳,身体里过滤过千年流水
而现在的钱,比纸薄,比阿拉伯数字轻
轻于鸿毛,轻于白云。
有人说它是黄金的第二张脸,但是
它再也不能像黄金那样
在天空中舞蹈和歌唱①。要我说,
它是变暗了的白喉,在这喧嚣的大时代
合唱里它唱哑了自己。

2019 年 1 月 8 日

---

① 见曼德尔施塔姆的诗《我冻得浑身颤抖》。

第三辑　异乡人

异乡人

三十年的训练和矫正
我基本学会了他们的语言
包括口音和方言
我因此被接纳　成为
他们的一员

但仍然有一些词语的发音
因我不能捋直的舌头
总是不能发出

还有，一些敏感的词
我总是小心翼翼地避开它们
躲不开的时候，便再次被他们
讥笑为外乡人

这样的一些词从此成为我的
禁忌　个人生命中的
无人区
它们像沉雪，深埋在某个黑暗的地下

不被看见不被融化

不幸的是,当我回到故乡,故乡人
同样把我视为外乡人
讥笑我一口的京腔——
故乡竟成为我永远不能回去的异乡!

有一天,我在梦里同另一个我
喝酒
我们用世界语在谈天——
我成为我自己的异乡人!

2019 年 7 月 14 日

在北京普希金文学餐厅

就是在这家餐厅①，普希金喝了他
人生中的最后一杯咖啡——
在去决斗场之前！

从此，这家餐厅便与一个诗人的名字
联系在一起，它们不再分开！

同样在这家餐厅，莱蒙托夫为普希金
写下了《诗人之死》——
为了不朽的精神和诗篇

今天，我们在这里庆祝
一个诗人的生日
生与死在这里相遇、衔接

---

① 普希金文学餐厅的前身为"沃尔弗和贝朗瑞糖果屋"，位于圣彼得堡。19世纪30年代，它成为一家文学名人的"俱乐部"，普希金、莱蒙托夫、舍甫琴科、车尔尼雪夫斯基等俄罗斯文学大师经常在此休闲小憩。1877年，糖果屋被改造为一家高级餐厅。为纪念普希金和那些伟大的文学家，近年来这家以普希金命名的餐厅以连锁经营的方式在世界各地发展了许多连锁分店。

但我却羞愧,祈祷的头颅在生日歌中
低了下去——
为我们早已失去决斗的勇气
也为我们死气沉沉的生活!

唯有蜡烛吐出的小火焰
在燃烧着令人窒息的空气

     2019 年 7 月 14 日

种牙

天冷了
我日益稀松的牙齿
开始漏风
它们已无力抵御冬天的寒气
一些美味的食物,比如坚果
和三分熟的牛排
再也不能被咀嚼和吞咽
一副松动的牙齿犹如我从生活里
学来的一套处世哲学
在坚硬的事物面前漏洞百出
为了重建生活坚固的城墙
我执意拔掉那些不中用的牙齿
换上新的
医生在我的牙床上打下三个洞
在洞里钉上钉子
再在钉子外面装上牙齿:
洁白、崭新、坚硬的牙齿——
我又可以对生活露出我的尖牙利齿
我将用一副严密整齐的新牙

迎接春风和新年　还有那一对
在冰箱里冷冻了一个冬天的熊掌
当我吃下那对在丛林里曾经战无不胜的熊掌时
我仿佛觉得我也修补好了我的人生哲学

        2019年9月7日

耳鸣

失去的声音
在
时间的回廊之壁
踉跄——
回家后的
激
动

2021年2月1日

现实主义的探戈

左倾，右倾
一个转身，一代精致的舞者登上了舞台

世界，在一支进退的魅舞中沉浮。

2019 年 9 月

瘤子

晚上接到一个电话，一个坏
消息：他身体里长了一个瘤子
恶性的，要马上做手术切除。
我有些麻木，因为同样的消息
本月里我收到了三个
不同的是瘤子长在不同的人
身上不同的部位。但我还是难过，
我拿起一本诗集又放下
词语并不能承载过多的痛苦
而苦难的秘密是让我们更多地抵达了生命
还是更多地失丧了生命？
恍惚间，我感觉长在他身体里的瘤子
突然跑到了我的身上，并在某个部位隐痛
而此时，我正在日记里写下：
"十月十九日，无病，大吉。"

2019 年 10 月 19 日

青柿子

七月的柿子，像青葱的少年，
羞涩、躲闪。它们藏在宽大的树叶
后面，做着白日自由的梦想
面对漫长的夏日，和世界的聒噪
它们沉默，酝酿很多奇思，身体
也一天天膨胀、长大，长成天空中的
"青铜骑士"。夏日的暴风雨一场接着一场
它们攥紧拳头，在风中摇曳，狂舞
并向天空发出尖叫
它们的叫声扯动了整个夏天的闪电
与滚过天庭的惊雷声组成合唱
这未熟的果子，在它们生命未完成之前
呈现一种勇武之美
啊，酷热的夏季，烈日的炙烤成为恒久忍耐
的功课，在火的熬炼中，它们内在的力量日益
转化，转变为一种甘甜，一种爱
在它们成熟之前，在变成火焰之前。

2019 年 10 月 23 日

路灯

那些为光明弯腰的灯盏
它们起身迎向即将到来的黑夜

2019 年 11 月 2 日

口罩

蒙面的人,在一件小衣服里面
呼吸自由

2019 年 11 月 9 日

交谈

你带着墙
来跟我交谈
你嘴里含着泥沙、石头
和血

你咕哝着我听不懂的
话语
泪水,从石头里
流出

我看见,一面哭墙
在一张脸上

2019 年 11 月

织布机摇篮曲

妈妈,我年迈的妈妈
尽管你的生命之火行将熄灭
但我还是想要你开动那台
退休多年的织布机
我想让那哐当哐当的响声
灌满这间屋子

妈妈,我已经眼瞎了的妈妈
我想再看一次
红线、蓝线、白线从你的手里吐出
青天和白云在你的手里绘成
那些纯棉的桌布、床单和被套
多像春天的田畴和花园

妈妈,我心如止水的妈妈
我想再看一次
野蜜蜂如何从花朵里飞下来
落在织机下面那摇晃的小脑袋上

我又看见了
那飞奔的梭子在吞吃时光的暗影
我又听见了那在纺锤上缠绕奔跑的棉线
让纺车发出唧唧复唧唧的吟唱——
它们比蜂鸣铿锵!

妈妈,我知道,那包裹我的襁褓
是你织的;
那摇篮里红蓝格子的小床单和小被子
也是你织的
(那些红格子、蓝格子多美!)

妈妈,今天,请你再一次亲手
为我织一套床单和棉被
我要用它们覆盖我将死的肉身
这样,"从摇篮到坟墓",妈妈
你都包裹着我!

2019 年 12 月 16 日

冬天的白内障

发霉的风景,
唯电子眼醒目、闪亮。
小动物们穿过大地内部
引起的躁动,另一种
更加隐秘深刻的
寂静。

雪线下的事物,朦胧而暧昧
如同你含混的词。

雾,用最矮小的脚,贴着大地
雾中的松树,穿戴冰雪
和冻土,它们紧缩着身体
低吟:敞开你的心吧
向着十二月冷色调的雪峰

一头棕熊,饥渴的,带着
天然的眼疾,它对近在咫尺的
鲑鱼和老虎斑视而不见。

它移动英雄般的身体，蹚过
草滩、浅水河和黄昏
在一团混沌的金色光圈里
绝望地昂首。

冬天的冷，正在
加深它的白内障。

        2019 年 12 月 20 日

纪念日

我指甲上的半月还在生长
它要向秋天表达渴望

经过岁月的手,多情的手,失血的手
在一轮圆月里
它醒着,它诉说——

那比苍山还要艰难的事
那比爱情还要艰难的事

时间,穿着迷人的彩衣
回忆和祈祷最终让日子荒凉
那些逝去的,那些新生的,
谁也追不上谁

六月又到,大地重拾热情
人们穿过瘴气和封锁线
他们带来艾草、硫黄和火。

2020 年 6 月 7 日

说忠诚

说到忠诚,哦,朋友
那是我唯一能做的事:
我忠于一些虚无的事物,
也忠于一些具体、卑微的事物……
只是我的忠诚跟你的不同
比如,对国家的忠诚
我习惯用批评来表达。
因为,我坚信这样一种态度——
"国家啊,我可不是你的反对者,
我只不过是生活。"①

而我的生活不过是想——
可以安详地,"对心爱的人说起爱"②

2020年5月3日

---

① 引自俄罗斯诗人叶普盖尼·莱英《三月》中的诗句。
② 见骆一禾的诗歌《先锋》。

风吹过树梢的声音

风吹过树梢的声音

略大于人们的脚步声。

一场急雨,陡然增加了夜色的慌张

但不久又变得平静

如同眼下仍在大流行中的瘟疫

人们已从慌乱中重拾

生活的镇定和秩序

"没有意志能像河流那般平静"[①]

被病毒长久禁闭的人们纷纷

走上街头,走在雨里

他们扯掉口罩,大口呼吸——

"如果你爱我,就请你来吻我的嘴。"[②]

我喜欢看恋人们在雨中相拥

孩子们在风中呼喊、奔跑

这如同战争结束时的一场游行

---

① 引自艾略特《弗吉尼亚》一诗。
② 参见崔健的《假行僧》中的歌词:"假如你已经爱上我,就请你吻我的嘴。"

又如同冰冻期结束时大地获得的一次解放。

2020年5月20日

关于夜的小礼赞

我总是在夜晚
燃起希望
还有那挥之不去的情欲
在白天,我又亲手
浇灭它

在白天,我被理性和琐碎
碾压

我用十进位制的精确
计算每件事情的得失
我用小心和笑脸
求得与世界的和平共处

我因此获得了成熟的好名声

有时,我也有长久的沉默,那是
我进入最深的厌倦和疲惫之中

但一进入夜晚我就欢喜
我喜欢夜的赤裸和它的深不见底
在夜晚，我不用看黑暗的脸色
我甚至用一根希望的刺扎它

      2020年6月24日

夏日池塘

高温,是一种神秘的力
所有动的心思都被它熨平
万物寂静,如死地
这旷野中的一处水立方
成为一堵密不透风的墙
身处水中最底层的鱼儿
纵有穿墙而出的决心也是枉然
时钟刚好指向正午,日晷也收起它的阴影
这相当于一周之中的安息日时光
钓者已放弃最后的努力
不再寻找和等待那上钩的"愿者"
被抛弃的渔竿成为古老游戏的道具
鱼漂静立,纹丝不动
此时,唯一运动的是太阳,那伟大的王者
它正不知疲倦地燃烧空气
以减少旷野里本已稀少的氧气
"好吧,让我来改变这一切!"
有人突然发动鱼塘中央的空气水泵
它轰隆隆的巨响,像是这个

夏日的心脏在突突突地跳动
它泵出的血液瞬间充溢了夏日
鱼塘里水的肉身
"一切都生动起来了！"
而空气仍在燃烧
大地开始了他一日的真正生活。

2020 年 7 月 11 日

北方七月的雨

雨越下越大,花园里的蛙鸣也
越发欢快
它们的叫声里带着泥土的气息
我能想象它们望天的姿势。
六月的大地燥热、困顿,尽显疲惫
六月一过,北方便进入雨季
一天一场雨的浇灌,让万物从昏沉中苏醒
大地清凉,空气如新生的婴儿
一场大雨胜过那些严肃的话题:雾霾,秩序,
王朝,后工业文明,贸易战等。
被洗礼过的青山显得年轻,如同复活的生命
而突然出现在天际的七色之虹
犹如艰难生活中的一道亮光,
一个美好应许的约定。虽然我们拥有
那么多未曾兑现的诺言,但那些如愿
未必来自那最高的善。今天,
我仍然愿意,怀抱一颗一再放低的心
进入那终将带来澄明之境的风暴之中……

2020 年 7 月 12 日

互联网

隐形的丝线,从人之嘴里
吐出
我们吃过知识的桑叶

虚拟的王国,万物被数字标记
送信的人用光速在跑
超越的天使,他们在云中叫喊:

"更快!更高!更强!"

我们,失身于世界之水的深处

我携带的氧气
不多了。

2019 年 1 月 14 日

第四辑 弥漫

弥漫(十八节)

一

你在城市的高处
你弹得一首轻松的曲子

所有的鸟都已是黑鸟
隐匿于夜的深处

二

今夜的海弥漫着宁静的馨香
鱼的香味
星星的香味

三

女妖对着海中的少年
和岩石
唱了一整夜的歌

四

忧伤的是月亮
又圆又大的月亮
照在你的额头

五

我们惊恐地栖身于
屋檐的下面　等待

一场火的来临

六

洪水中长大的孩子
住在树上
成群的鱼在他的四周浮游
它们加入这夜晚的倾听

七

失去皇冠的国王今夜来访
你把一只水罐和盐
献给他

八

那片高大的甘蔗林密不透风
你已学会在这时光的低处自由地穿行

九

走了很远的路
遇到数不清的树枝和石头

沼泽之上　我们盖一幢白房子

十

从一座山到另一座山
橙黄的叶子落满山崖

山在山风中呈现自然的裸体

十一

树枝上滴下的雨滴
像你的泪

温柔的血
爬满四月柔嫩脆弱的早晨

十二

你谜一样的感觉和心思
把我引进山林?

十三

那些松软的泥土做成的道路
我走在它的上面就像经过她

洁白的手臂

十四

宁静的夜晚　我读着你的诗句
感觉就像是走在

回家的路上

十五

今夜你肃穆的表情
就像天亮前的群山

十六

你纷乱的长发飘扬在
喧闹的城市　如一面疲惫的黑旗

十七

二十一棵光明树在你身后
闪烁　一盏硕大的天灯照耀
你头顶的群鸟

和你的伤口

十八

我们从满是泥泞的战争中
走来　那一场我们之间的
战争　毁坏了一切

在废墟中
我们重建忧伤的花园

2010 年

出土文物

那是一次完美的葬礼
活着的人总是为死去的人想得周全
就像今天我们迎接一个
孩子的出生
人的一生一死这两件最大的事情
都要交给别人来打理

青铜的器皿,碗、罐子和坛子
以及缕金的衣裳
这些旧物
来自暗黑的大地
它们不过是
千年前的平常之物
但现在价值连城
考古学家们趴在泥土里
用一只刷子扫去今世的浮尘
用一只放大镜搜寻
古人的足迹
此时的古人今人

正被同一时空的月亮照亮——
"今人不见古时月
今月曾经照古人"
月亮啊:
我们又将是谁的出土文物?
那些已经逝去的
那些即将到来的
哪个更为真实?

这些旧物
携带千年前的泥土
携带时间的秘语
用沉默迎接
新世纪的光

2010 年

大地的脸谱

群山簇拥,轻施粉黛
在这金色的秋日里呈现它们妖娆的面目。
它们矗立在远方,大气、庄严
在我视线能及的地方,挡住了我的去路。
这群山,这妖娆的娥眉
立于大地的脸上,它们似乎
没有原来那么舒展。

这娥眉下面生动:
朝歌夜火,炊烟袅袅
那是我们生活的城市
是大地最为热闹的地带
这城市,在娥眉之下
应是大地的一汪沸腾的温泉
我热爱的这眼泉啊,我都
守望你几十年了,把我最好的青春韶华
给了你　如今
我满头的青丝在你升腾的热气中
已慢慢变成了白发

而你也从那样的明亮、干净
走向了这样的灰暗和浑浊

那么,这群山之外是什么呢?它应该
是高原,是大地的额头。
不对,或许是一片海洋　一片森林
或许什么都不是
仍然是山峰
只是山

那么耳朵在哪里呢?
大地的耳朵是否也如它的老眼
一样昏花?
在这阳光弥漫的秋色中
你听见了什么?

2010 年

冬天的牧羊人

北方冬天寂静的草原
天空向着大地不断俯下身去
挤压那最后的一点空间

大地寂寥的内部正在酝酿激动
就像地震来临的前奏：
群兽出动，牧场后面
升起天使巨大的黑衣

天空终于轰然倒下，它向大地
敞开了一个巨大的伤口：
亿万只雪花降落草原
雪花飞舞，像无数只绵羊在草原上奔跑
牧羊人，那个丢失羊群的牧羊人
在雪地里激动着，追赶着
他在天空中飞扬的鞭子
同雪一起奔跑，他
牧雪，牧雪……

2010 年 12 月 2 日

风雪,乌鸦与红房子

宽阔的长街。雪片纷飞、弥漫。
成群的乌鸦同风雪一起到来
似乎不带什么隐喻的意义
它们盘旋,呼朋唤伴地落于
街边秃兀的梧桐树上——
梧桐树顿时长满黑色的叶子

昏暗的车灯。喘息的车流。
人们躲在小小的钢铁的壳里
意志也像钢铁一样黑暗
整条长街宛如
一条蠕动的爬虫。

上面的红房子灯火通明
那是雪落不到的领域。
可爱的人儿穿着
动物皮做的大衣
倚窗而立。她微笑着
看那下面的

雪、人、车子
还有乌鸦

满街都是夜归而不得的人
他们把喇叭摁得
震天响

一阵战栗穿过她
优美的身体

2010 年

那个最隐晦的词

那个最隐晦的词
孤独地站立在风中
它把脸深埋在立起的外套里
漫游于这丰饶的大地
没有人曾经看清它的眉目

没有什么比这个季节的色彩更丰富的了
层林尽染　构成一幅美丽的秋景
而词语的火焰挂满了枝头
那伸出的手臂圆润、丰盈
收获的果篮令你喜极而泣
而在那跳跃的火焰之间
我独喜那最晦涩的一只
就像我有一大群活泼的孩子
我却偏爱最沉默的那一个

那个最晦涩的词的内部
伸手不见五指。在黑暗中

我用一块块的石头
垒一所带灯的房子

2010 年

我在黎明来临前写诗

我怕错过这绚丽的秋景

从此长眠不醒

黎明尚未来临

大地黄金般地沉默

万物长眠　空气干净得

像一汪高原平静的湖水

我走向相濡以沫的书桌

旋亮的灯盏，照见黑暗中的书桌

火焰般雀跃

一条河流从书桌上流过

一棵树走到书桌的中央停驻

而词语，似受惊的壁虎

正从墙的裂缝里探出
脑袋

2010 年

我们就这么走吧

一切都已安排妥当
车子也已泊进它的座位。我们
放心地走,我们就这么走吧
走向辽阔的陆地

银河浩瀚,碧水长空
你的心情随着这星月展开
你何不趁这倦人的秋意
将生活的重负轻轻排开
将你梦中明亮的骏马放出

那么多的人,那么多繁杂的事物
该如何盛入你翡翠般的内心?

那就忘记吧,忘记这流水的灯盏
忘记低垂的天空如何不堪重负
变成了一个弯腰驼背的老者
忘记你曾经热爱的港口如何机器轰鸣

陆地如此壮美,我们辗转,
陆地与陆地之间有水联结。
我们深入到陆地内部
深入到你锦绣内心里的山川
我们在另外一个陌生的时空,走在了
回家的路上

是到了回家的时候

我们就这么走吧,在万物已达
辉煌的顶点。

2010 年

核桃

那密布的沟纹、坚硬的外壳
多像一个人的大脑
缜密深邃的思想躺在
黑暗的深处
沉默不语

我的双手深入到你的内部
深入到你万千沟壑的深渊
我发现,你的核有时比外壳
还要坚硬

沿着你的纹路,沿着你迷宫
一样的道路,我试图
找到你的左脑和右脑
我相信,你和人类一样:
左脑掌管思想
右脑掌管艺术

掰开你老头儿样的皱褶

我试图将它熨平、让它舒展
就像熨平我们一生的痛苦
我却不知,这风霜形成的褶皱
是新生婴儿的脸颊,在用一声清脆的叫喊
迎接世界的第一缕光

打开你更深的内核
我让光全进来,我摸到的
却是褐色的泥土
泥土养活了这么多的人啊
我用舌头尝一尝味道
尝到的却是苦涩

外面阳光灿烂
你仍在那里
缄默不语

        2010 年

得了肺炎的少年

天空低垂,像一块永远也洗不干净的
巨大旧布

得了肺炎的少年
口吐乌鸦,走在大街上
走在这深秋污浊的迷雾中

医院在白布里喘着粗气
输液的吊瓶挂满了
仿佛无数只白鸟
蹲伏在城市的枝头

能见度如此之低
那些来历不明的乌鸦
聒噪不已
工作后归来的人们
正用肥皂反复地
搓洗着自己的手掌和手背
得了肺炎的少年

把他的胸腔鼓得

呼呼作响

他喜爱的玩具汽车、刀剑

和变形金刚，同他一起

沉入了黑暗的呼吸

得了肺炎的少年模样俊美

目光迷离

他躺在这灰暗的天气里

感到身体寒冷，咳嗽不止

他每咳嗽一声树叶便从天上掉下一批

他在想：这大地也像他一样感到了冷

需要添加被衣

得了肺炎的少年　咳呀咳

咳出了冬天的第一场雪

他用雪来洗他的肺

2010 年

鬼节

这一天,大地飘满了幽灵
人类不见了
他们把自己藏到了幽灵里面

孩子们也把自己藏在骷髅里
或者是一个面具里
他们并不怕这些狰狞的面孔
相反,他们饶有兴趣地游戏
这鬼的人生

多数时候,做一个鬼是幸福的
他们有着比人类更加自由的内心

那就做一回鬼吧
让灵魂醒着
让我们在不同时空里走动

让我们回到从前
去与亲人相聚

就像在那一天,我和你
"在星辰里相遇"

鬼的世界如此真实:
我们轻抚亲人们发旧的家具
就像触摸每一个温暖的呼吸
我拿一把亲人们用过的木梳
闻他们留在空气里的余香
我像他们一样梳理头发、化妆
在镜子里整理自己日渐衰老的容颜

我们给孩子们一个拥抱吧
给街角黑暗里的流浪者一块面包吧
我们亲吻挂在每张脸颊上
冰冷的一滴

今天,飘香的大地落满了星辰
我装扮成你怎么不见你的踪影
你是藏在了远处的人群里还是在哪个星际?

其实,见到的未必真实
占有的更非幸福
听啊,天空里果真飘荡着你的回应:
你说,你还有一件未了的事情
你挂念久违的世界,执意

要给世界打个电话:

"喂,世界,你好吗?"

2010 年

柿子树下泡温泉的男女

秋天的柿子树无力承受

这么热烈的负荷

它们压低了枝儿

下垂向无语隐秘的深处

成片的柿子树林闪烁着火焰

每棵柿子树下有一汪清泉

那是大地的肺叶

过滤阳光中的灰尘

这温泉同样来自某个隐秘的深处。

轻烟盘旋,上升,在阳光中变幻

它那婀娜的身影

而水的加入使一切都有了灵气

在黄金般的灵动之中,大地挥洒着

它热烈的轻柔

女人们在柿子树下

袒露她们赤裸的真理

她们的乳房成熟、圆润

像柿子一样

垂向大地

肉身入水

水,接纳溶解一切

肉身在自由放松中

打开了自己

而池中的男人们则离开水

他们点一支烟

看轻烟如何同水一起升起

2010 年

归于寂静的夜

淌金的岁月如行云流水。
我放下一天的工作
卸去尘土和忙碌。
夜,已归于寂静,妻儿
都已睡去,城市的灯火
也渐渐暗淡。我独自一人,
坐于花园的凉亭,环顾四周:
我拥有的是如此之多
而我却怀念那些艰难的日子
那些在冬天,在山里屋子外
劈柴的日子

那些只需要一个鸡蛋
和一盆炭火
就足以被照亮并温暖的
日子

2010 年

诗歌的石子（十二节）

一

少年向平静的水面掷一枚石子
一长串浪花从水里
飞起

一颗彗星划过
没入水的中央

二

石头——
太阳和地球激情之后
遗留下的精子

三

小小的夜，蛰入无人的房间
将空虚填满

四

僧侣们纷纷走下山来
他们披着金色的袈衣
为世界点上妖娆的香烛

五

我们从金黄的银杏树
听见了秋天挺拔辉煌的嗓音

六

白头翁如一个智慧的老者
飞入秋天苍凉黄昏的深处

七

今夜,你给予我无尽的温柔和缠绵
我却想着冰川上的一些事情

八

你纠结的心绪如世界
将所有的道路都走到了尽头

九

在没有狂欢节的国度
我们如何
度过这些节日？

十

雪后屋檐下的冰柱
以它伟大的毅力
丈量时间的长度

十一

在看得见的声音里
在听得见的颜色里
我们写诗

十二

乌云通过风的血管
将天空喷黑

而暴风雨从大地的心脏
升起

2010 年

多余的话
——为保罗·策兰九十周年诞辰而作

你只是回到了从前
回到人类学会说话之前

那时,人类用谷子、羊和手
说话　话语明确
从无歧义

弓箭和石头打开天空
收获寂静和孤独
星星从海上来
带来水和火
但没有词

那就忘掉词
忘掉话吧
让我们回到从前

回到你

回到你的现在

       2010 年 10 月

生日

从生活的原点出发
你不断扩大生命的圆圈——
像永不停息的波浪　直到
岁月的风霜开始降临在你的内心
同时降临的还有寂静和
无名的幸福

你在秋天早晨雾霭中见到的事物
你在冬天雪后清晨中见到的事物
连同那片在记忆深处遥远的大海一起
正变得越来越清晰……

2010年11月8日

看话剧《柔软》[①]

整个晚上你都在做一台手术。
那是一台复杂而又艰难的手术
刀子在空中舞蹈,发出
幽冷无情的蓝光
深入下去,深入僵硬的世界,
你要切开:
生与死
爱与恨
希望与绝望
正确与错误

冰冷的刀决定不了这些。
在危险的深渊,你执意要开放
两朵花:
一朵献给男人　一朵献给女人

血,奔涌而出,它来自

[①] 话剧《柔软》是中国先锋导演孟京辉执导的"悲欢主义"三部曲的完结篇。

那只非洲孤独求爱的犀牛。
那温暖跳动着的血
像黎明时最瘦小的那颗星,从
你的伤口升起,它
孤单但闪亮。

在黎明的边界,我听见了
来自古老欧洲的声音:

人们啊,现在只剩下一件事情可做:
去忠诚你们的忠诚吧 [①]

2010 年 11 月 20 日

[①] 欧洲诗人赫贝特在《科吉托先生的教诲》中告诫人们:"去吧,做一个忠诚的人。"

除了等待

从春天到夏天,到秋天

你不来,你亦不去

经过了如此漫长的等待

我将耗尽力气、思虑

那些美妙的时刻

那奇迹般的相遇

真的如星外来的飞碟?!

我已被夏日的太阳灼伤

被秋天刀子般的孤独击中

如今,冬天的第一场雪已漫过我的门槛

这风雪中可有你如期而至的步履?

在无边的寂寥里

除了等待,我还是等待

2011年1月21日

时光

时光的钻头,在旋转中
一点一点凿削去岁月的屑末,露出——
我们獠牙般的人生。

2011 年 1 月 严冬

失眠之夜

这夜又黑又长，适合
给远方的朋友写封长信
或者　进行一场长长的
谈话

偌大的城市像沉入了水底
出奇地安静，偶尔升起些响声
那是一两尾鱼
在水面的跃动，或者是停泊的船只
在水里翻身

游动的鱼来到我面前
它们喘着粗气，向我诉说
水的寒冷和沉重。然后，又游向了
水的更深处

这时，我想起那如意又不如意的前半生
想起那些在浮尘中度过的人生
我突然羞愧于此生为人，不如

放生为一条鱼：
渺小到不为人知
自由到不足为人道

远方，像一部怀旧的老电影
在一朵徐缓伸展的云中打开
一个平凡而简朴的白天。
亲人们正在陆地上劳作，忙碌着
一天的食物。阳光，黄金的箭镞
暴雨般撞击教堂的大钟。钟声
与炊烟一同升起，它们在空气中
欢快地交谈。

而我的黑夜仍然张着眼睛。
我瞥见时光老人在黑暗中打着哈欠
他转身，想要从这搏斗、煎熬的
夜里悄悄溜走。

此时，从水中升起黎明的七桅帆船
给我们载来火和远征归来的
胜利者。

2011 年 9 月 23 日

牙疼的日子

牙疼的日子，树叶间漏下点点秋光
大地在一片肃杀中露出它黄色的獠牙
寒霜中，迎向天空的枝头果实累累

我把脸埋在沙沙走动的书页里
倾听大海航行的声音
疾病流行起来，贪婪啃光了
天空里最后一粒果子
那冰冷的海水之中，闪动着
人们惊恐的眼睛

莫名的疼痛的中心，升起焦躁的潮汐。
人心，像波浪的起伏，受制于月亮的
每一次增长和减少。

白色的药店在秋光中颤抖、呻吟。
大地既凉还热，在空虚中响起
一片骨折后疼痛的叫唤
我想用这十月的铅华和骨头

建造一座走动的教堂
并让星星在它上面旋转,
让月亮跟随

月光下,被腐蚀松动的牙齿全部脱光
重新长出的白牙像教堂一样明亮。

      2011 年 10 月

关于星星的对话

我带五岁的女儿
到城里最高的楼顶
看星星
女儿数着星星问我：
"天上为什么会有这么多星星？"
我笑着，随口回答她：
"因为地上有这么多的人，地上
有多少人天上便有多少颗星星。"
女儿又问：
"那星星都是人变成的吗？"
我回答说："是的，星星
都是人死后变成的。"
女儿仍然不解，继续追问：
"那爸爸死后也会变成星星吗？"
我有点心虚地回答道：
"是的，爸爸也会变成星星。"
女儿再次追问：
"那爸爸为什么要变成星星呢？"
我摸着女儿的头，笑着回答：

"因为爸爸怕你黑夜里迷路
爸爸要给你照明。"

2011 年秋

第五辑 夜航

冬天,灰色的诗意

冬天,大地是一个简洁的音符
在一片单调而宽阔的音域里反复抒写
浓缩的诗意

青灰色的天空向远方消隐
城市,像失去方向感的鲨鱼,在轻雾中
闪烁着扑扑起飞的鸽子般的光明

城市的边缘。一片树林被房子包围,一片水域
被树林包围。它们紧密相依的关系
就像一对从一而终走向暮年的男女。

树林中孩子游戏的欢语声清晰可辨
它与间或从头顶飞过的飞机的轰鸣声完全不同。
而林中升起红色的海盗船,像燃烧的火把
高举在这片灰色的空间,与那欢语声
一样醒目。

波涛的舞者,旋转的中心,在

一阵寒风的追赶后陷入沉寂。
太阳是那最后脸色苍白的舞者,
在转动中缓慢移步至天堂阴冷的走廊。

裸露的大地最为隐秘的深处,升起
意义的桅杆,在城市广场剧烈摇晃的尽头
走来思想者的独步。

        2011 年 冬天

佛事

早读《金刚经》,净手焚香
给佛磕头,晚上
入定坐禅,至少两小时以上
——这是你每天必做的功课
你从不去寺庙,只在家里做这些,你说
寺庙太吵已非清静之地。
你的房子很小,你不能
给佛安排一个专门的房间
只好把过道变成了"佛堂"
你的功课便在这过道里完成

你敬佛时一丝不苟,态度虔诚
妻子和孩子都很懂事,不发出任何声响
这个时候是家里最为安宁肃穆的时刻
安宁的时刻是最美的时刻,窗外
无论起风下雨,落雪飘花
屋子里总是充满了暖意和一种
说不出的温馨　你倾心如此
如同倾心于一种完美的生活

你也不记得四季更迭了多少回
雪下过多少次,你甚至不知道
今夕是何年何月何日
但你的功课
却从未中断,仍然
做得一丝不苟

一年的清明节的雨后,妻子
给你过完四十岁生日
你悄悄撤掉了过道的"佛堂"
不再做那些做了几十年的
功课。妻子不解地问:
"佛可见否?"你却淡淡地回答:
"见亦不见。"

你说,生活里处处是佛事,日子
有限而禅意无限,而你便是
那佛。

      2012年3月17日

一只蚂蚁的春天

三月里的钟声

那么激越,那么清脆

在晴空里传递着幽远

传递着生生不息的气息

而蚁族是最先洞悉

春天到来的动物

它们破土而出的动作

迅速而敏捷

它们甚至不惧怕已经变色的草丛

会像刀子割断那弱小的身躯

人们倾巢而出

都去赶那个时光漫步的集会

或者要在春光乍泄中一窥

事物更替的本质

只有那只蚂蚁,那只在蚁族中

最有智慧的工蚁

发出讥笑:

这个世界并无改变!

而蜜蜂则不管这些

它们像黄色的飞机　恣意地

开动起嗡嗡嘤嘤的马达

在美女和花朵间

张扬地四处寻找甜蜜

——似乎只有它们才抓住了春天的秘密

而那只雄辩的工蚁

因为只顾着演说而不幸被

蜂拥而来的人类的大脚给踩成了

两半。但可怜的工蚁，成为

两截的工蚁还在歌吟：

温柔的春风，吹过我的心田

它并不比往年多

也不会比来年少

       2012年4月9日

节制

语言都是多余的，只用石头
不，连石头都是多余的——
至少它的某个部分是这样的！
这里是秋天的出口，冬天的入口
大地正一点一点褪去它沉重的外衣
呈现出它至美的荒芜
走在同样时间的道路上
你去掉心里一切的辎重
那感觉仿佛瞬间的失重
通过一间通透的大窗户
你看到辽阔和简洁：
那种美大气，去繁就简
你发现事物的真理并不总是
隐藏在事物的背后
而道路显然过于繁复

2012 年 10 月 6 日

悲伤突然降临

鲜花盛开的时候
悲伤突然降临,就像
一场突如其来的疾病
多数时候,心灵的密码无法被破译
如同眉目之间隐藏着
不被觉察的波澜

也许
连亲人都未必是相知的。离开
那些熟悉的和不熟悉的,
你打一把伞到雨中
步履尽量优雅、从容。或者坐一段
来自黑暗王国的地铁
穿越金色音乐大厅、酒馆
和星巴克咖啡屋。有轨电车
带着叮当的呻吟
像冲上海岸的鲨鱼跌落在
川流不息的人群。
城市的夜晚,灯火辉煌,

如此多的欢乐和痛苦
潜伏在或明或暗的角落。
无人的海岸,潮水尽退,
沙滩,露出它们曾经交融的
痕迹。有一个声音来自地下
它如同穿过生死的激流,
涌上来的不是悲伤,而是
欢喜。

2012 年 10 月 13 日

冬天的爱德华王子岛 ①

经过了一个夏天的喧哗
冬天的爱岛在某个时刻突然
归于沉寂。词语休养生息
像潜伏在海底的鲸
以它巨大的沉默吞没它的
每一次移动。

雪比海大,它漫过了海,雪中的爱岛
像在海上行走的一只大脚。
安妮的绿山墙 ② 也隐去了身影。
这里,冬日的阳光,冷峻刺眼
其光芒闪耀在波涛与星星之际——
爱岛,与陆地失去联系的王子
始终处于它们的中心。

---

① 爱德华王子岛,位于加拿大东海岸大西洋中,冬季漫长,诗中"爱岛"为其简称。
② 加拿大作家露西·莫德·蒙格玛利的代表作《绿山墙的安妮》描写了主人公安妮在爱德华王子岛的童年生活,该小说被翻译成多种文字介绍到世界各地。

冬天的爱岛在远离陆地的孤单中
练习着他的坚强与冷酷

所有的道路都被封死，包括海上的。
此时的大海千帆竞歇，失去船只的大海
就像没有星辰的夜晚
把它更为深邃的部分裸露出来
把它最为喧哗的部分隐藏起来
而雪中的爱岛也这样
裸露着和隐藏着……

在裸露与隐藏之间
词语慢慢张开了它的眼睛

        写于2011年冬天
        修改于2012年秋天

故居或者老屋

仍然是灰色的瓦,褐色的泥墙
只是颜色深了许多　像我们
日渐深沉的岁月
对面那汪水库已经干涸
变成了杂草丛生的荒原
门前,那年大雪里种下的梅花树
不知它又孤独地迎过
多少春天了

年久失修的门窗,同我们
日渐衰老的器官相呼应。
斜阳轻移,主人已涉万重山水
阴阳之隔犹如一扇门的开启与闭合。
门前的道路仍然还是土路
下雨时,它仍然愁肠寸断
只是日月星移　四季轮回
已无泥香
在风雨的摔打中
它瘦了一圈又一圈

曾经的三世同堂　高堂飞燕
已全无踪迹
世界响起的掌声却在别处
到后院里再采一回菊吧
或者到后山再栽一次竹
重拾那些生锈的农具
那锋利犹存，那体温仍在
我听见了三十年前的

叹息和心跳。回首间，我惊诧于
门口那面辟邪的照妖镜仍在
它仍然明亮　悬于高处
反射着这世界的奇迹

2012 年 10 月 11 日

童年的敌人

成片成片的紫云英，像火，像云
铺满了我童年时贫瘠的田野。
它们轻贱地疯长着，开放着
精力无穷的花朵。我在那
彩云般的草垫子上肆意地
打滚，撒野，并想象着
从对面光秃秃的山上匍匐而来的
黑坦克和敌人。

清亮的小溪，闪动着银光的小鱼小虾时不时
跳出水面，跳出我的记忆。夏日的水塘里
真正野生的甲鱼从水底浮起，顶着日头
惬意地晒着它们坚硬的铠甲——
它们可比人更早懂得什么叫作晒幸福
而此时的我们，只懂得用一根牛尾巴毛
作武器，捕捉那高枝上整天
自鸣得意的蝉。那个会飞行的东西
其实比想象的笨拙。

树丫做的弓，石头做的子弹，射向
敌人的黑坦克，射向
田间忽然闪过的黄鼠狼
一群麻雀在坠落的石子中轰地从
稻田中飞起，欢笑声则从田垄
散去。

童年里那些假想的敌人从未真正地出现过
而今天，现实中的敌人，它们无形，正无孔
不入地来到我们的内心，来到我们中间
安营扎寨……

草成于2011年12月
修改于2012年秋天

一生的远足

一次漫长的旅行，犹如
鲑鱼一生的远足①，从
波澜不惊的湖泊来到大海
那海原来有着比湖更深的安静和寒冷。

仅此一次的迁徙，为何
在胜利逃离之后却又
满含泪水？
所谓的胜利换来的
不过是牺牲
事物的悖论总是纠缠
它发亮的部分仿佛这冬季
漫长的细雨，洗刷得一切都是崭新
而它灰暗的部分同样如这细雨

---

① 鲑鱼，又称三文鱼。三文鱼是世界上唯一从出生时就失去父母的动物。三文鱼产于淡水湖泊，一年后即顺着大河跋涉万里奔入海洋。在海洋环游一周历时三年后，三文鱼都要逆流而上再返回出生地产卵。三文鱼在拼命洄游的过程中，不吃任何东西，二十四小时不做任何停息，以致精力耗尽，全身变为红色。当它们历经千辛万苦到达目的地，受精产完卵后即全部死去。这个令人震撼的四年一次的生命历程便是著名的三文鱼洄游的现象。

阴郁,挥之不去。

我们不再在同一时辰里醒来

不再用同样的节奏展开人生的琐碎

而昼夜的颠倒与错乱

万里之外的呼吸与疼痛

竟让生命如此地相拥

又如此地壮怀激烈

那些头顶上——展开的风景

那些梦中一次一次的呼唤

显得绝望而又孤独

越洋的漂泊比起新生

算不了什么

你把它看成是生命的一次拔河

距离的扩大

也在无限扩大

人生的广度与深度

但远方有多远、多大?

有多么遥不可及?

从月亮吹来的风

鼓起夜的潮汐

惊动了在大海深处怀孕的鱼。

从淡水到海水

从海水到淡水

仍然是从水到水

那些不变的东西都是永恒

变化的则像这大海一样深邃和壮阔

你无情的远足啊

暗合着鲑鱼的一生

耗尽生命却不过是为了

最后的回归：

从生命的终点回到生命的起点——

在十月风霜染红大地的时候

你将自己燃烧成一片红叶

秋天丰腴成熟的大地

回响着你回家时雄壮的

欢呼

2012年11月8日

商人阿文

史蒂文斯说，金钱也是一种诗歌
阿文却说，赚钱是比写一首诗
难得多的事。

阿文，名"文举"，父亲给他取的名字
希望他建功、立言，功至"举子"之上
但他显然让父亲失望，在火红的
九十年代，阿文辞官下海
成为一名商人。朋友们惋惜
父亲震怒并从此一病不起。

阿文说，他是企业家，他相信实业救国。
他还说，当企业家不用看长官的脸色
不用拍长官的马屁。但他很快发现
企业家要看更多人的脸色，
拍更多人的马屁。
但阿文还是不爱求人
他坚持要坐着吃饭，站着挣钱。

作为商人的阿文有点怪,他把钱看得很淡
有时,朋友们给他大把赚钱的机会
他却不去做;有时,明明是不赚钱的事
他却偏偏去做。他甚至
喜欢借钱给别人去创业
但借出去的钱经常有去无回
阿文似乎也不太在意

阿文的工厂不大不小,但他养了很多人
每年缴很多的税,他还拿钱
去西部盖学校。在汶川地震期间
他扔下工厂,第一个去了灾区
临行前他只丢下一句极简洁的话:
"你们在家,我去救人!"

去了汶川的阿文再也没有回来
一次余震把他永远埋在了
异乡　同时埋葬的还有他的
梦想和全部的痛苦。

      2013年3月18日

比尘土更低

尘埃飞起来
在阳光中
舞蹈
我俯首
于地
比尘土更低

我的生命并不比
它们高贵
倒空的杯
赤贫得
一无所有
有活的水接入
溢满了死亡的
庆典

拯救者的脚步
近了
要赶在我的

功课成就之前

完全占领我

2013 年 9 月 14 日

时差

我身体内的钟
还停留在大洋的彼岸
那里已是深秋——
阳光灿烂
凤和琴鸣
果子已经成熟,
坠入泥土
枫叶做成的糖浆
比蜜还要甜……

而此时,我栖居的北京
已是深夜两点钟
黑暗正幽禁着大地
梦中的呼召和呓语
强烈而清晰
我的时间已经来到
黑暗不能停止我的功课——
我居于室内的暗处
同他开始

促膝谈心

我拥有不属于你们的时间
这是我的时差
停留在我身体内的钟
正在十字架上轰鸣

2013 年 10 月 10 日 温哥华

秋天的小径

下午的时光宁静悠长
像这条秋天的小径

一阵风儿吹起,不知来处
它掀起地上五颜六色的落叶
发出泉水流淌般的声响
而阳光柔和如水
轻泻在
这寂寞的小道

如此良辰美景,如此
美丽的小径
竟无一人踏足
也许人们都去喝下午茶了
也许人们正在赶往某个市场
当然,也完全可能仅仅因为
它是一条小径

三点钟,是学校放学的时刻

小径里突然涌入了
一大群背着书包的孩子
他们叽叽喳喳，欢呼雀跃
这秋天的小径，天堂般的回廊
一下子流淌着
黄金般喜乐的光

       2013年11月

烟子

好多年了，乡村都不让焚烧
小麦、玉米及稻子的秸秆
——说是为了环保
可是，今天这黄昏中的大都市
哪里飘来一股浓郁的烟子味？
这味道那么熟悉、亲切
让人想起农村男人挥汗后的气味
我从高楼的阳台往外眺望——
哦，这城市——
地球上的一颗香烟！

         2013 年 11 月 19 日

新旧时代

火车奔跑的时速接近四百公里/小时
飞机小到可以无人驾驶
我在时代之巅上头晕得
厉害

我想念用柴火做饭的日子
用马车送信的日子
我想念在河沟里游泳的时光
那时的河水肯定不达标
但跟游泳池里的水相比
它却无毒、无味

我想念大雪封山的日子
亲人们围坐在一堆炭火前夜话
那样的聊天比起
面对一台机器说话
有意思得多
那时，我们的谈话不关乎
哲学，不关乎理想

甚至不关乎爱情

那时的谈话大多

与粮食有关，庸常

却有滋味

亲爱的主啊，让我回到无聊的旧时代

今夜，我们不谈生死，不谈信仰

我只想打一盆水

给你洗脚

2015年6月20日

两只松鼠

冬日里的早晨

晨光初现

两只松鼠

一只灰白

一只乌黑

它们一起

合抱着一颗

大松果

在花园里的湿地上

转圈

它们在努力

走出这院子

它们站立的形状

构成一个立着的

圆

圆的一半是灰白

另一半是乌黑

中间的一点是松果

这样立着的一个圆

多像一个人的太极

在地上转着碎步：

一圈又

一圈

从早晨到

傍晚

当黄昏星升起

它们仍然在

推着松果转圈

它们仍然未

走出这院子

这个情景让我

想起

西西弗斯

和我们的人生

2016年3月2日

春天里哭过长夜的人

春天里哭过长夜的人
披戴闪电　走入
苦难的泥泞。

长歌当哭,梨花成雨。
落英归尘都发生在一言不语的
孤寂之中
而春天里那个最深的伤痛
竟来自恩典。

不要把头埋在手里,即使你
千疮百孔,即使你
心碎欲绝。泪水浮起的方舟
会驶向大海,你已迎来
万物复苏的时刻。

那颗最亮的十字星下

复活的事就发生在——

人间四月芳菲天。

2016 年 3 月 3 日

骨科医生的退休生活

整个春天你都在花园里
修剪你那些心爱的花木
你挥舞着刀
（动作仍然敏捷、利索）
砍掉那些多余的
枝枝条条
去掉那些入侵来犯的
荆棘杂草
那些长歪了的树枝
你竟给它们
绑上钢板　钉上钉子
让它们都朝天向上
长得笔直笔直的
像你的腰板
你甚至施行移花接木术
让一棵快要枯死的无花果树
开了花
结出了果子
你说：树跟人一样

该矫正的要矫正

该手术的要手术

2016年3月4日

深夜来电

深夜响起的电话声
总有一种让人
措手不及　或者
惊慌的感觉

那天夜里接起的电话
是一个陌生人的来电
电话线的另一头　传来
一个低沉有磁性的
男中音
声音很亲切很好听
听起来总像你生活中的
某个熟人
那天，我们从城市
扯到哲学和人生
像两个一见如故的
老朋友　足足
交谈了两个多小时
最后　我们依依不舍地

放下电话

可奇怪的是他并未

给我留下他的电话号码

我也不曾想起向他

索要

一年后某个冬天的深夜

我又想起这个电话

依稀想起一个死去的朋友

和他日渐清晰的模样

2016年3月11日

失眠

睡眠,在半路,
像走失的情人
或孩子
他们,每天向你呼唤
自某个深海
自时间的
孟婆汤

2021年2月1日

海岸线

当人群汇聚的时候
你悄然退去　退居至
生活的偏僻之处
就像你的那些偏僻的
诗行。

生命的高潮部分有着那么多的
欢愉。即使波涛与岩石有过
一个白天加一个夜晚的缠绵
但它们离去时仍然是

两手空空。唯有裸露而出的真理
突兀冷峻,像这海岸线
立于辽阔大海的
偏僻之处。

而我已无力成为那个逐浪的

青年。

2016 年 3 月 25 日

逆行

夕阳有时候比朝霞更加
迷人，它们倾斜着身子
自西向东地流淌，似一江的春水。
小区的道路与空间瞬间被
裹上了一层温暖的色调

这个时候，我和十岁的儿子在小区里
玩骑脚踏车
儿子弓着腰，身体前倾，用力地朝西行驶
他逆着光，像一个逆流而上的人
在光里拼命朝前游啊　游

他只是想在太阳收拢最后一道光之前
多骑两圈——

往光的深处。

2016 年 4 月

一天的开始

一天从哪里开始呢?

我睁开眼睛

太阳已经升起来

阳光照在冒着热气的灶台

面包烤好了

并已抹上了我喜欢的樱桃酱

牛奶也已热好、盛在杯中

是我喜欢的含脂量为 3% 的那种

一枚鸡蛋煎得刚好,它

溢出来的汁液使早晨的

第一声惊喜碰撞出黄金般

的光芒

今春新摘的绿茶,在水中

舒展开鲜亮的叶片

犹如亏损的新月在施行

浸洗礼

窗外,人声鼎沸,车水马龙

传递着生生不止的气息

那么世俗　那么坚忍

啊，我的神，一切都已预备妥当
这多么奇妙——
每个人新的一天
都从你这里开始！

2016年4月

我听见夜色朝我袭来

黄昏时分,我坐在小区大花园里的池塘边
闭目,想休息一下
白天使用过度的眼睛
(我们看过太多的东西啊)

不远处,车辆的声音渐渐稀少
像些垂头丧气的士兵走过街道
鸟雀低飞,飞过头顶
它们振动的空气不断撞击着我
越来越安详的脸庞

花园里的那棵最大的榕树
打开了它巨大的树冠
让众鸟归宿

在池塘里无聊游弋的野鸭子
和长着杂色毛的鹅　收起了叫声
它们赶在灯亮前冲入了那片
不大的芦苇丛

一些角落曾经传来的欢语声

突然间没了声响

在这逼近的寂静中

我听见夜色朝我袭来

黑暗中同来的天使

正飞越屋顶缓缓降落。

      2016年4月15日

夜航（二十四节）

一

飞机，夜的锚，将那巨大的黑色之船
固定在银河浩瀚的激流之中

二

我们游行在看不见的云里
我们穿黑色的泳衣

三

穿行在星星的丛林，你也是一颗星
——群星中最小的那颗
会发光，虽然微弱
但也带着热度

四

我们被那个破损的星球

流放
原因只有一个：我们是那破损的
罪人

五

小而密闭的空间，装着
两种人
一种人要回家，另一种人要离家

我有点迷糊：为何怀着完全相反目的
的两种人会在同一条船上？

六

我与地面已失去一切联系
手机关机，或者没有任何信号
这个时候，我唯一能信靠的人是机长

我对他说：给你，请带我回家

七

在机器的内部：你紧挨着我，他也
紧挨着我　但我们彼此不说话

有时，一段紧密的关系相等于
一段陌生的关系

我陷入词的空虚与黑洞

八

我睡着了一会儿
在万米之上的高空
我被一个梦托着

我在梦里
飞

九

无论我们怎么飞也飞不过
时间
我们都在时间里
腐朽

十

什么是漂泊？当我们对某种高速度失去
感觉时就是漂泊，譬如飞行

譬如人生

十一

气流吹着口哨就进来了
就像是从走夜路人嘴里发出的响声
它旋转着激起的涟漪
在这个密闭的空间里荡漾

十二

一阵剧烈颠簸的片刻
我紧张、害怕
双手攥紧空气
这时,有一只手
放在我发抖的肩头
让它安静

十三

有一阵,机舱里安静极了
灯光全都熄灭,机舱里的黑同
外面的浑然一体了

我看见,无数的头颅在黑暗里
囚渡。

十四

有人在看《星际穿越》,电影中的库珀
和布兰德穿过虫洞,去寻找
另一个地球。他们在黑洞里失散、
坠入末路。

写过地狱的但丁说,爱能拯救:
"正是爱,推动了太阳和群星"
最终,库珀在五维空间里寻回了
在三维空间里的女儿和一个新的地球

是爱,穿过时空和黑暗,走出了
墨菲定律的魔咒。

十五

我要去的地方,现在
还是上午九点钟
摩天大楼开始放出它的第一道光
而邮递员正以最传统的方式——步行——
开始对每个家庭的探访

那里可有我的航空来信?

十六

北京和纽约
我拥有两个不同世界的
敌意和冷漠
差异,呈现出它们粗粝尖锐的性质
而温柔的部分总是相同
比如,从你身旁走过的空姐悄悄
打开你头顶的那盏小射灯

十七

我们飞行在辽阔、不着边际的空间
却不偏离轨道,因为总有一股力量
拉扯着我们往下

而此刻,牵引我的不是万有引力
或者引力波
而是父亲曾经坐过的那把空的轮椅

它仍谦虚地立在房间的
那个角落

十八

我出门有留言的习惯
告诉家人一些注意事项
比如五月的房贷该还了、妈妈的复查是几号
别忘了参加孩子学校的家长会……
此刻,在这又高又黑的地方
面对一张白纸,我
却不知道要写些什么

我没有什么要交代。

十九

我们是飞在云的海上还是
飞在真实的大海之上?

在机器的轰鸣声中
我辨认大海的声浪尖厉而有力地
朝我涌来

二十

鱼儿在水里自由地游行
但它却不认识水

我们在空中穿行
但我们认识天空吗?

二十一

飞机从海里爬上陆地,又
从陆地越过海洋

像一头鲸挣扎着
从海里跃起,又跌落——
要逃离水的界限和规定

二十二

我不止一次想到死,在高空
我想象着死亡的突然降临
但我想得最多的却是
一个墓志铭:

"他不在这里"

二十三

一整天,我只吃一片面包

如果这是我的最后一日
我宁愿我的肠胃
干净

二十四

越过白令海峡，飞机
像个被抛出去的铁锚
一头扎进白昼的岸上

天，一下子亮了。我从
逼仄的座位上起来
向空中舒展蜷曲已久的身体

      2016 年 5 月 31 日　温哥华

第六辑 未完成

关于冬日里的一场谈话

我们围着一壶茶坐下
就像是围着炉火而坐
但窗外没有雪

话题在公共和私人之间
跳跃、转换
话题的公共部分,气氛热烈、兴奋
但我们谈论的都是些糟糕的事
多多先生向我摊着双手:
"在崔健的《一无所有》之后,我们
还有什么?"
我心虚地指着窗外:
"还有雪……"
而当话题转入私人部分时则显得艰涩、
沉默、时断时续
就像这个卡了壳的时代

只有诗歌进入时
房间里开始显得明亮

每个人的脸上都有了晴朗之色
家新兄开始说起俄罗斯白银时代的诗人
多多先生则谈起保罗·策兰那永恒的名字

黄昏临近
茶水的味道越来越淡了
像这房子里逐渐变暗的光线
时光巨大的身影正向我们碾压过来
我们也在沉默中起身
进入城市的丛林,去
寻找一个安身之处——

因为多多先生又要搬家了
在春天来临前的二月

      2019年1月15日

我要歌唱

我蜷缩在时代的贝壳中
仿佛回到母腹
喂养我的千年海水
越来越苦

越来越咸

黑暗深处的低泣
来自冬天的哑雷

沉默的人啊，请你
开口说话
请你张嘴，像鱼儿一样
呼吸

海马是千年的竖琴
它刚刚找回了弓箭的身份
我要骑上它回家

我被闪电击中

我被光和盐喂养

我生下的黑色的词

自深海底部升起、升高

我要歌唱,我终将

歌唱

2019 年 1 月 23 日

凛冬四首

一

被迫停歇的工地,它的颓垣之色,被
雪完全覆盖。
一个巨大的脚手架,远在群楼之上
耸立在空荡荡的天空——
它是这个城市唯一剩下的十字架
它舒展的身影来自
刚刚放下城市的沉重肉身
而在远处,有三三两两的年轻人
在雪后冷寂的阳光中
一次次从冰封的后海上
滑行、起飞
他们的身体很轻,轻过
低空中飞过的一架无人侦察机

二

冰雪没有任何消融的迹象,雾霾乘虚而入

在重重迷雾之中，新郎
丢失了新娘。

街上流动着半脸。

雾中的假面舞会，浮动着紧闭的嘴
和被关闭的耳朵。
"渊面黑暗"，我们赤手，在黑雾中挖掘

我看见瞎子领着瞎子在过街
我看见更多的盲人加入摸象者的行列

我还看见
那些楼顶上和立交桥上斗大的红字
像火把在雾中闪烁

它们若隐若现的身影
像我双肩隐隐作痛的肩周炎

三

铲雪车从环卫公司驶出
奔向城市的四个方向
它们鸣响的声音像鼓铃
从清冷的大街上穿越

铲雪的工作仿佛

做一块春饼，都离不开盐

撒满盐粒的道路被软化、松动

雪中的盐粒，光芒盖过了雪

除雪后的道路，湿淋淋地起身

拽着晨跑的人们向前奔跑

一群孩子，在被厚雪遮盖的垃圾场滑雪

他们从斜坡向下冲刺的尖叫声

刺破了这个冬天的喑暗

四

这个冬天，有着陡峭的台阶

通往地下。

合租地下室的青年男女

相互拥抱

他们的身体越抱越紧

不是因为爱的增多

暖气管上挂着冰柱

烧煤的炉火虚弱得令人窒息
空气似乎也被冻住了，在
顷刻之间就要爆炸，但
最让他们害怕的还是
外面楼梯上响起的城管人员的脚步声

老旧的电视机里正在播放
城市的新闻：国家的春运从今天
开始售票，人类最大的一场迁徙
仿佛大雁一年一次的南渡北归，不同的是
我们在地上总也排不出那个"人"字的队形

"今夜我们去车站，抢个沙发！"

女孩笑了笑，她知道，人潮汹涌的火车站里
没有沙发。

      2018 年 12 月—2019 年 1 月

水母，在大海深处跳伞

水母，在水的家乡眺望。
她们经历的一场伟大创造，让
幸福和苦涩成为水的体质
那前头更深的深渊，那旋涡，那
飘过来的五彩斑斓的鱼群
那更大令人无法洞悉的力量，裹挟着
她们欢快地前行。这水中的天鹅
她们柔软的脚尖轻踩鲸鱼宽大黑暗的
舞台，在这深渊和巨大的风暴里
跳一支人间的《天鹅湖》。海马的竖琴
排着长队为她们伴奏，那推动洋流旋转的
巨大力量，也来自她们跳动的小心脏
它们催生了闪电，通电的海树和珊瑚
在海底放出光明。海葵替代星星升起
谁是那光明之子？谁又是那失去翅膀的天使？
海马更加起劲地弹奏，蝠鲼更加轻快地飞翔，
他们浑然不知那隐身于密地的海底发动机
将停止转动，巨齿鲨的阴影将向他们倾轧
水母，这苦难隐忍的母亲一齐跳起，

自鲸鱼航母般的脊背,自断电后的黑暗里
她们在大海深处跳伞的姿势像在天空里
振翅飞翔的白天鹅。

        2019年3月5日

梦

我的故事还没有结束就要醒过来。
我还在奔跑,还没有摆脱那个提刀追赶
我的人。一只鸽子在喉咙里咕咕咕叫着
那个惊恐的叫喊被卡在了什么地方,
挣扎着,总也发不出声音
生命的通道如此幽长,像一部拖沓的
电视剧。日子单调而庸碌,演员们都有
倦怠之心,他们厌倦了日复一日地
扮演不属于自己的人生。而我
奔跑在这不属于我的世界,竟然
还有颗不死之心,还恋着这世界的
美景美食和美人,我多想为她们停下来
只是那个提刀的人已从夜晚跑入白天
成为我一生不能甩掉的杀手、
执着追求真相的侦探
是我一辈子不能戒掉的睡眠。

2019 年 3 月 10 日

惯性

"失败乃成功之母"

他一辈子都没离开过母亲
算不算成功?

纵然他的生活已经失败,
世上也不再有他留恋的人和事。
但是,每天早上,他仍然准时起床
花很长的时间洗澡、梳理头发、刮胡子,
甚至修剪指甲,然后穿戴整齐地出门。

2020 年 7 月 12 日

春天里的冬日诗

整个冬天我都在写诗
写我的"凛冬"系列——

为北方严酷的冬天
为带火的尘埃
为那些举在寒风中,
一个接一个的空空的鸟巢
(它们在空旷的华北平原上多么醒目!)

还为那些在风雪之夜中踉跄前行的人们
他们呼出的热气甚至都化不开一粒积雪!

平原上的黑电线杆,它们静默无声,正向
黑暗深处的人们输送光明
它们像梦中的黑衣人,在平地里
拉起电线,在冬日天空里画下
大地心跳的曲线。而秘密在于
有看不见的天使在电线间来回跳跃
我不能不爱这样的冬天,即使是

愤怒和悲怆也不能减少
我的爱。

今天,我驱车奔驰在京津之间。
在高速公路的两边,早开的杏花
正东一处西一处地从荒芜中升起:
白的晃眼,粉的羞怯
就像这个不真实的季节。而在
公路旁边,我却看见成排枯黄的芦苇,
它们低头顺服了季节的秩序,但它们
挺立的腰身又在传递着一种
不屈的气息……

哦,春天真的来了
我已听见诗人们欢欣的吟唱。

2019 年 3 月 19 日

闻一多在西南联大(组诗)

刻石 ①

七张嘴从石头里向你
说话
五个孩子的饥啼之声让你
心碎

你决定从石头里要口粮
锐利的刀锋,在
坚硬之处开沟播种
你用月光灌溉庄稼
月光养育的粮食
含辛茹苦

---

① 闻一多先生在西南联大期间,生活极其艰苦,八口之家要靠他一人工资养活,还有五个未成年的孩子。为补贴家用,闻一多在昆明"挂牌治印",干起了为别人刻字的营生。这门营生在那段时间里竟成了闻家主要的生活来源,让闻一多全家度过了极其贫困的一段岁月。

从此,你迷上了字
你在龟甲上挖掘字
你用刀的风暴打磨字
你寻找字与字之间的
格律之美

白天,你在黑板上写字
写《诗经》《楚辞》
晚上,你在石头上刻字
写别人的名字

你也在纸上写字
你的字里有火、有愤怒和
叹息

秋风苍劲,山河易色
唯翠湖安静不变

你刻啊,刻
你夜以继日地刻
直到刻出了血

刻到子弹在石头里
开了花

黄昏授课 ①

跟博尔赫斯几乎同时，你点燃
落日中的声音 ②
在一片燃烧云里，你倾听、辨认
孤独太阳的愤怒和哭泣
——为那被后羿射落的九个兄弟

但你说，自由在落日之中
你将一把椅子和一只香炉摆到黄昏里
夕阳的余晖点燃了烟斗
女娲、屈原和老杜甫
在青烟中开口说话

当太阳西沉，群星涌现
它们从四方向你
头顶聚集，像夜的眼睛
而你手中的烟斗，是夜的另一只
因为少眠而红着的眼睛

你爱这黑夜。你洪亮的声音携带

---

① 闻一多先生在西南联大期间，担任清华大学中文系教授，教授楚辞、中国古代神话、唐诗等课程，他首创在黄昏时上课，深受学生喜爱，一时传为美谈。
② 博尔赫斯在《最后的审判》中有诗句："我点燃落日中的声音。"

青铜的韵律,在星斗之间回响一个
未被揭示的秘密:你的神,只在夜晚
才来与你对话、谈心!

"亲爱的先生,你神话里的女娲
既能补天,为何她不来补好这破碎的山河?"
——一个学生向你发出了一个当代的"天问"

你想到了老子:"天地不仁,以万物为刍狗"
但你什么都没说,只是沉默
唯有那嘴上的烟斗,时明时暗
像夜晚的呼吸。

翠湖散步

从西仓坡逼仄的斗室
到翠湖,只需步行五分钟
你倾心于这一汪活水

乱世中的翠湖,似柔弱又坚强的好女子
她用温良、隐忍和深邃的品性
接纳你的浩叹和绝望的吟唱
苦闷的日子,她已成为你精神的一个
秘密出口和对谈者
虽然,她并非你梦中的水乡——

那更加辽阔，更加遥不可及的！

你数着缓缓前行的步子
你走过了多少步？从北平到青岛到闻家村
到长沙，最后来到这处一样不能安生的春城
那些到冬天便从寒带飞来的红嘴鸥
它们穿过枪林弹雨，仅为了在这温煦的
湖水上同你一起引颈高歌一曲？

这时，南飞的大雁，像炮弹一样掠过
水面，惊起翠湖一片慌张之色
而放空的月亮，仍然出来
冷静地照着你前行。

在陈家营村捕鱼捉虾

这里没有望天湖[①]，没有武昌鱼，只有一条小溪
但它明亮、清澈，像村子里姑娘的明眸
初春之际，雷声早早滚过山峦，雨水自
天空倾盆，小溪瞬间涨满了水
这时，过江之鲫，从下游逆水而上
迎向那从高处泻下的新鲜的水流
它们像在一间旧屋憋久了的人们，突然
被释放出去，那么地欢欣、急迫

---

① 望天湖是闻一多先生的家乡闻家村里的一个湖泊。

它们兴奋往上的劲头远超过欢腾、跳跃的水
这是捕捉它们的最好时机
你用鱼篓在水里一捞，便有无数兴奋过头的
鲫鱼入瓮，还有举着一对钳子徒劳地作抵抗状的
河虾们。傍晚时分，落日尚在叹息
你拎着满载的鱼篓和喜悦，想到在破碎的山河
尚有这样丰盛的馈赠，你的心便如春雨满溢。
你急匆匆跑回那逼仄拥挤的八口之家，
在山坡下，你似乎就看见了在饥馑中的妻儿们的
欢喜雀跃。而此时，大煞风景的警报声又
突然从澄蓝色天空里传来，这声音尖厉而惊心
让一片澄明的蓝色显得极不真实。

2018年11月—2019年3月

潜水

无数的暗流
和
深渊
密闭的内循环

水,紧致又柔软
隔断
空气和声音

但海底,有看不见的风
在
推动漩流

兽王在石头上
深眠
鲸鱼在水里
憋气

生物沉默

没有词

只有水之雪

更深地进入

类似

一场做爱

扎破了世界的血

    2019 年 3 月 23 日

高铁西去

高铁穿行在华北平原,向西安驶去
邻座的女孩一直在手机上
看一部好莱坞的谍战片。《碟中谍》已经
拍到第六集了,汤姆·克鲁斯拖着发胖的
身体,正在一场迷局里吃力地追赶敌人。
我是局外之人,对女孩,对老汤,对更多的人。

后排的一对异国情侣,正轻言细语地交谈
我听不懂他们在说些什么,但那轻柔的低语,
是不用翻译的语言。

前排的一个男人,正扯着大嗓门在电话里谈
生意。他在跟人讨论建筑问题:一个螺钉的
尺寸和价钱。整个车厢都能听到他讨价还价的
声音。

窗外,麦地已经变成翡翠的深色
它们像在一块巨大黄色画布上
开了些绿色的窗户。

朋友们发来关于清明节的诗歌,我
意识到又到了纪念先人的时节,
一年一次的节日更像是告别。有一天
我们也会成为别人告别的对象。

而此时,我也在一辆为了告别的高铁上
前方是长安,是唐朝的李杜和王维
他们正在时间的深处,从词语回廊里
向我转身。

2019 年 4 月 3 日 于北京至西安的高铁上

有关大雁塔的语言学

当年,韩东在大雁塔上
竖起一根中指
向着天空

韩东的所指
只是当年玄奘的一座
藏经阁
一个砖结构的七层
塔楼
它跟一个取经人有关
跟印度的一只从天上
坠落的大雁
有关

而他的能指部分只是
一根手指
但是,一根手指
能指什么呢

2019年4月6日 西安

一首诗在石头里生长
——给王家新

一首诗在石头里生长

它喝石头的水吃石头的肉

并从时间无声的脚步中懂得

轻盈的魅力,但它却选择沉重

选择石头的质地和肌理

沉重和轻柔是一对孪生的姐妹 ①

它寂静的内部曾经有过

怎样的火怎样的电闪雷鸣?

又有怎样的泥泞怎样的水经过?

它用心习得忍耐和等待的功课

看尽无数四季的气候之后,它不再追求

石破天惊的惊人时刻

最终,它长成的模样

犹如一头神兽从石头里被掘出

这神兽,它也有人的形象——

它站立起来,自峥嵘的岁月,

---

① 引用曼德尔施塔姆的诗句,见王家新译本《我的世纪,我的野兽》中《沉重和轻柔,你们是同样设计的姐妹》一诗。

自石头破碎之处,

它开口,向人们说话。

     2019年4月7日 西安

闲时光

时光的永动机从未停歇它的工作
就像此刻的你,正专心做
一件事——嗑瓜子
瓜子的香气从你嘴里溢出
弥漫在房间的每个空间
你不停地重复着一个动作:
把瓜子送到嘴里,把瓜子壳放到桌子上
桌子上的瓜子壳堆成了一座小山
生活中的山你已经爬够了
而眼前的山不过是一堆尸骸
你享受此时的安静和孤单
你甚至从瓜子的炸裂声中听出了寂静
生活里的那些小焦虑和大忧愁
那些苦难和伤痛,从寂静中退出
你不再在意生活和诗歌之间
存在着那"古老的敌意"
相反,你感到"存在的充实"
你每嗑一粒瓜子楼下的那棵紫玉兰
便绽开一朵

到了黄昏时分,夜色开始露出它的眼睛
楼下的紫玉兰已是满树的琉璃
像黄昏里的无数火焰,点燃了那落日中的
声音①

2019 年 4 月 11 日

---

① 博尔赫斯《几乎是最后的审判》:"我点燃落日中的声音。"

打包

出行前收拾行李是一件烦琐、
需要耐心的工作
首先是衣服,有长的短的,有厚的薄的
还有不同的颜色,它们是人的第二张脸
要小心呵护。我一层层把它们叠好
然后,一件件码放在箱子里
一年四季,我们需要不停地换装、变脸
当然内裤,不穿给人看,就
不需要折叠整齐了,揉团放在一个小袋子里
衣服之后,便是跟脸有关的东西,比如牙膏
牙刷,剃须刀,擦脸油,防晒霜……
哦,别忘了,还有假牙,它正躺在水杯里
龇牙地笑着。第三类是药物,各种维生素,
救心丸,降压、降糖药……还有安眠药,
装在不同颜色的瓶子里,生命要靠这些药片
来维持运转,这真让人沮丧!
而那些难以启齿的疾病,更让生命羞愧它的
软弱。当然也有让我欢喜的东西:那些无用
的诗行,那些我热爱的书籍!

它们是我的精神鸦片,让我忘记无聊和空虚。

接下来是最重要的东西——手机

以及它的充电器(那是必不可少的)

它已经成为我们身体的一部分,

是我们的眼睛,手和脚,有时还是

我们的大脑,是陪伴我时间最多的另一半。

没有它我们几乎寸步难行。

……当我把这一切都打包了、装在一个

二十九寸的行李箱里,我长吁了一口气,仿佛

我的人生和生活都被清理,被打包在这个

只有二十九寸的空间里,我将拖着它辗转于

机场、车站、码头,以及不同城市的街道

直到有一天走向人生的终点,我自己也

被打包在一个小小的盒子里

——这一次是我的亲人打的包

那个小到可以抱在怀里的盒子也是他们选的。

2019 年 4 月 17 日

新加坡纪行

小而美的国度
像一个最小号的天使
在赤道,徒然向着太阳张开
翅膀

风自海上来,穿过
滨海花园迷人的晨曦
以及高大雨树闪光的叶片
它在街上行人、车队和
密集的楼宇之间掀起的一阵
波浪,像远处的那片温顺之海
像夜晚风情万种的女子,双手轻抚
你过于老成的身体

我从滨海湾金沙酒店的高速电梯
下来,刚用完餐,食物丰富而精致
餐前的祷告淹没在一片喧嚣的人声之中
我感到轻松,身体里有一片浪花
像阳光一样涌上心头

神恩,最终以万物馈赠的形式呈现
尽管有一些馈赠像早餐中的食物,苦涩、
反胃,难以下咽

伫立在一片壮阔的蓝色之中,我看见
纳尼亚的少年骑着狮子从海上
走来,海鸥和鱼群环绕在他的
周围。那最后一个七日放飞的鸽子
也在海鸥群里,它
仍在扮演那个信使的角色[①]
但在海平面不断升高的今天,它
要送给我们什么样的信息?
而那征服大海的少年和狮子已经
在城市里安居。

暴风雨洗礼后的城市,用年轻而洁净的蓝色
带给人们一个惊人的启示——
这尚未长大的天使,来自那"七日之鸽"
带回的一片新长出的橄榄树叶子。

2019 年 4 月 20 日

---

① 根据《圣经》中关于"挪亚方舟"的记载:上帝因罪而降下洪水惩罚人类,挪亚和家人在方舟内度过一百九十天后,从方舟放出乌鸦去看水退去没有,后又每七日放出鸽子察看。在第二个七日,飞回的鸽子嘴里叼着新拧下来的橄榄叶子,挪亚便知道洪水已经从地上退去。

未完成

正午的院子,木之花
散发的香气让人微醺

斧头和刨刀正在剥去一棵树的
外衣,它们交欢的声音,
战斗的激情,撞击出
一把坐人的椅子

秘密在过程之中,在完成之前

创造和创伤是同一个词
它们来自同一个子宫

劳动吧,歌唱吧
用劳动和歌声抚摸五月的脊骨
让它长出新的
让它走出四月的哀伤

流云开始酝酿一场风暴

爱在流浪,从一朵玫瑰里

张望

2019 年 5 月 8 日

那清晰的像闪电来临过的

在星巴克,点上一杯苦咖啡

独处的时光多么忧郁
又多么自由

背景音乐是灰色调的
来自骄傲的塞纳河的右岸

请不要再跟我读诗
请节省日益稀少的词

室内的光线幽暗
空气中飘浮着真相的微尘

我在静默中得到更多的风暴
像夏日一场暴雨后的清晨
全身轻盈通透

但江山并未洗刷一新

我拉起真理晦暗的手

在她的掌纹里寻找生命线——

那清晰的像闪电来临过的

2019年5月8日

钟声

将一束光注入
钟声里
钟声便飞了起来

是光推着它飞的

它到达的时候
万物的寂静更深了
寂静比它本身更深了

我在屋子外面唱歌
看见钟声在春天里跑
它在满世界找它要找的人

多么明亮的钟声啊

穿过等待合龙的大桥
钟声，在光的燃烧里
呼唤发烧之人

我睁开假寐的双眼

撞见生活的真相

2019年5月9日

不再画画的杜尚

杜尚从脸盆里起来
洗了手也洗净了脸
他不干了！他不再碰那些该死的颜料
他宣布人类不再需要画画
但人们迷恋他瘦削的魅力
仍然愿意听他讲什么是艺术
这好比放浪的兰波，早已忘记了诗歌
但人们还想从他无神的眼睛里捕捉诗意
比起兰波，杜尚先生则有着严肃的幽默
他拿起一个男人的小便器，说
"喏，这就是艺术！"
艺术存在于男人的尿性之中
他宁愿把生活过成艺术，也不要
让艺术成为他的生活
他用两块大玻璃、水车、巧克力磨
和机械模具等一堆乱糟糟的东西做了一个
"被光棍们剥光了衣服的新娘"
艺术的密码便隐身在这堆无用的东西里
在临死之前，他完成了一生中

最后的作品：一个被谋杀的裸体女人
——她被关在一扇紧闭的门后
这个女人是不是跟他的《走下楼梯的裸女》中
的女人是同一个，鬼才知道！
不过，这个一点都不重要，重要的是
不再画画的杜尚又"给予"[①] 我们一件看不懂的
艺术。

2019 年 5 月 9 日

---

① 杜尚最后一幅作品被他命名为《给予》。

看见

四月里到底有什么?
四月里有苦寒的雨水
倾覆多色的花朵
两种颜色的玉兰刚刚在四月里
结束她们高洁短暂的生命
孤独的黛玉、永恒的多愁女子在树下
又为她们唱了一回
四月里有最多的离开和转身
有不能见光的阴谋、背叛
有来自幽暗中的敌意
有刀光和火把在黑夜里巡行
四月的空气里有血腥的气味
春天的行刑队在四月的雨里疾行
四月里有让人惊心和心痛的祷告
正是那一次的祷告引发了
一个人的死和同一个人的活
四月,用荆棘做成冠冕
用鞭子和长矛开辟出山路
四月里有对死亡的喝彩

有因为羞愧而痛哭的泪水

四月里还有在黑暗里长跪不起的人

有在厨房里不停劳作的父亲和母亲

四月，用他受伤的身体和血治疗你

长时间的咳嗽和揪心的乡愁

2019年5月9日

六月的断章

> "我就在
> 你深处,
> 战斗的
> 忧伤"
> ——保罗·策兰《夜之断章·言语之间》

生雷,卡在
风暴的喉头——
它有失声之痛
诗神,还在午睡
我在汗水中失去
睡眠
操场的踱步、无尽的死循环
燥热的风自身后吹
沿着墙根,穿制服放学的少年
再次把身体
缩进围墙
六月,在啤酒里醒着
失去的梦在酒杯之上

堆起一朵蘑菇云

那云里的闪电

正穿过你的嘴

穿过这多爱的季节——

我们已失去的太多!

在无人的马场,群马沉默

我寻找抱着马脖子跟它一起哭泣的人! ①

2019 年 7 月 1 日

---

① 尼采曾经在大街上看见马夫用马鞭子抽打马匹,他便跑过去抱着马脖子哭。

第七辑 自由

自由（二十七节）

一

多么诡异
我呼唤自由
她却给我一所房子
让我每天都回到它里面

我拥抱她像爱情——
蜜月期却不到三个月
我在玫瑰打开时
逃离

二

我还是爱她
用金钱和名声
她却说
"我很贵，贵得
不需要一分钱

不需要一点点名声"

三

我带着杜尚
写诗

杜尚却轻轻一笑:
"诗是写出来的吗?
来吧,我们下棋
国王总是
跑得最慢的那一个"

四

婴儿被抱在父亲的怀里
他或她感到自由
恋人在恋人的怀里时
他们忘记了自由
却要以自由的名义

五

他一辈子在书籍的迷宫里
寻找真理

自由却说
"真理在——
书外!"

六

失眠时眼睛是闭着的
但思想在自由地飞

此时，睡眠是一张无形的网
它越收紧
你便越疼得睡不着

七

我被黑暗击中
却被光明灼伤

八

在夜的房间里
我点亮一盏灯

光，百分之百地照亮整个房间
它却无法做到只照亮

二分之一的房间
或者,四分之一的房间

九

天空无限
所以空空荡荡
所以深不见底

黑暗却用星星
炫耀它的富有——
在天空之中

十

群星闪耀的时刻
正是天空隐身的时刻

十一

风随着意思吹
自由并不在风中

十二

自由存在于苹果

向大地坠落的过程里——

那颗砸向牛顿脑袋
的苹果

十三

自由脱光了衣服
赤条条地站在你面前

你占有她的同时
也是失去她的时刻

十四

你脱掉鞋子
在大地上走
你说这很舒服很放松

但石子很快硌伤了你的脚

十五

我把自己完全地交出去——
我的生命、思想、财富

还有自由

很奇怪,我顿时有一种获得自由的感觉

十六

我们在黑夜宽大的睡袍里
做爱

我们的身体舒展而优美

十七

你选择了死
说是为了生

这不是很奇怪吗?

十八

你说死亡是把灵魂
从身体的牢笼里解救出来

它在里面住得太久了

十九

我在金沙酒店的楼顶游泳
那船形的游泳池在空中飞行

我感觉我也在飞——
在一个无边界的池子里

二十

一座被雾锁住的城市
渴望风的钥匙来打开它的大门

二十一

冬天的树,卸去了全部的武装
它们裸露的身体多么优美

二十二

太多人的聒噪之声
你戴上耳机——听海的声音

听海水反复拍打礁石的声音

二十三

在钟的内部
一个齿轮在追赶另一个齿轮
它们追赶的其实是时间——

那个总也追不上的超稳定的家伙!

二十四

水,在杯子里
让杯子成为杯子

是水给了杯子以自由

二十五

水,随物赋形
而人心,要给万物命名

两者的距离如同从东到西

二十六

人们对"未见之事"的恐惧
如同对死亡的拒绝

二十七

语言的边界乃存在之边界
那么,自由的边界在哪里?

2019—2021 年

跋

"我成为我自己的异乡人"

　　这部诗集是我重新回到诗歌写作以来的一部诗选集,收入了我近十一年来写下的大多数作品。从时间段上讲,收入的都是2010—2021年期间的诗歌。

　　2010年对于我是一个重要的年份。也许是缪斯的召唤,历经多年生活的奔波和"打拼",历经那个火热年代的"野蛮生长"之后,我内心生出强烈的对生活"言说"的渴望,早年种下的诗歌之树开始重新生长。命运就这样奇妙地让我重新"回归"到诗歌。从这个角度讲,2010年是我个人写作史上的回归之年。但这是一次"逆回归",因为越来越多的人在离开诗歌,诗歌被"边缘化"了。西川在谈到这一现象时曾说过:到2010年写诗和读诗都成为一件难为情的事了(大意如此)。算起来,在此之前,我搁笔从商竟然长达二十年的时间!我不知道如何评价我生命中的这二十年。是时代的馈赠吗?在一个急遽转变的时代大潮中,命运要让我接受一份完全不同的挑战和试炼?或者是让我在写诗这件事上有更多的思考、认识和更长的准备期?无论命运的本意如何,我都感恩这种安排。它至少让我避开了那些诗坛或者诗歌圈子里的喧嚣、嘈杂,成为一个完全的不在场者。这种"缺席"有时是"护身利器",是一种自我保护。它让我少了很多诗学观念的束缚和桎梏,避免形成一种"写作路径"依赖,落入某种"风格化"的陷阱。当一个人尝过或看过生活的大喜大悲之后,他重新面对一种语言艺术时,他会"降卑"下来。在这种"降卑"之中,我首先要回答我们要如何面对自己的生命,也许对我这种笨拙之人,采取一种诚实的态度是唯一的选择。我也因此在写作上直接奔向了一种"心灵的诗学"。

本书的书名显然跟我写于2019年7月的《异乡人》一诗有关。为什么是"异乡人"?我想是因为我生命中始终有一种关于扎根的挥之不去的漂泊感,这种漂泊感与我们身在何处以及我们现实的生活处境无关。它是一种根植于生命深处的感受,与人的生存根本困境有关。当然,时空的变化有时会强化这种感受。比如,在这近十一年里,我有许多时间是在中国和北美大陆之间频繁走动,这样的生活状态无疑会加强这种漂泊感,我在《夜航》(组诗)里也写到了这一点。

但说到底,这种漂泊感是因为我们每个人身上都住着一个"异乡人"。"异乡人"既是一种身份的确认,也是对生命的一种承担。前不久,我无意中看到今年出版的法国著名诗人、思想家、哲学家埃德蒙·雅贝斯的一本书的中译本,这本书名中文译为《腋下夹着一本袖珍书的异乡人》。雅贝斯在开篇第一句话写道:"只有在把你变成异乡人后,异乡人才会允许你成为你自己。"我对这句话深以为然,并深受此话的鼓舞,因为我在《异乡人》一诗的结尾句便是"我成为我自己的异乡人"。我为在异国他乡有一个大师级的思想家说出了我内心的隐秘感受而兴奋、感动。

当然,雅贝斯"发掘"了生命中有关"异乡人"更多隐秘、深刻的方方面面。比如,虚空(无)、词语(话语)、沉默、特异性、荒漠、流亡、流浪、孤独、自由、缺席与在场、真理与真实、有限与无限、生与死等等。有趣的是,雅贝斯特别对作家这个群体发表了看法,他认为:"作家是地地道道的异乡人。到处都容不得他安身,所以只好躲进书里避难,可词语还是要撑他走。因此每部新书都只能是他临时的避难所。""作家之所以是异乡人，就因为他必须从语言中借用一张脸才能展现自己。"可见，异乡人是超越时空的概念。藏在我们身上的"异乡人"需要在被语言唤醒后"出场"，只有你"唤醒"了你身上的那个异乡人，使你成为你自己的异乡人，你身上的那个异乡人才会放过你，让你成为你自己。

人生虽是一场漂泊，但生命之锚并非用铁铸成。我们来自何处、身处何处都不重要，重要的是我们最终归于哪里。就像雅贝斯所说："切忌向异乡人打听他生于何处，而是要问他去往何方。"是的，去往何方才是重要的。那么就按他说的，让这本《异乡人》成为我的一个临时"避难所"，暂时停驻之后，我将"忘掉背后"，出发去往另一个"他处"。在那里，另一个"避难所"在等待着我。

最后，我要衷心感谢诗人王家新从异国他乡写来的序文，也要衷心感谢吉狄马加、唐晓渡、张清华、敬文东、蓝蓝、荣光启等诸位先生不吝赐笔，写下推荐评语。他们写下的那些美好的文字将永远激励和鞭策我在人生和诗歌的道路上"努力向前，向着标杆直跑"！

突然发现，说的很多话都在"诗之外"了，就此打住，还是回到"异乡人"里吧。

是为跋。

2022 年 8 月 7 日
北京